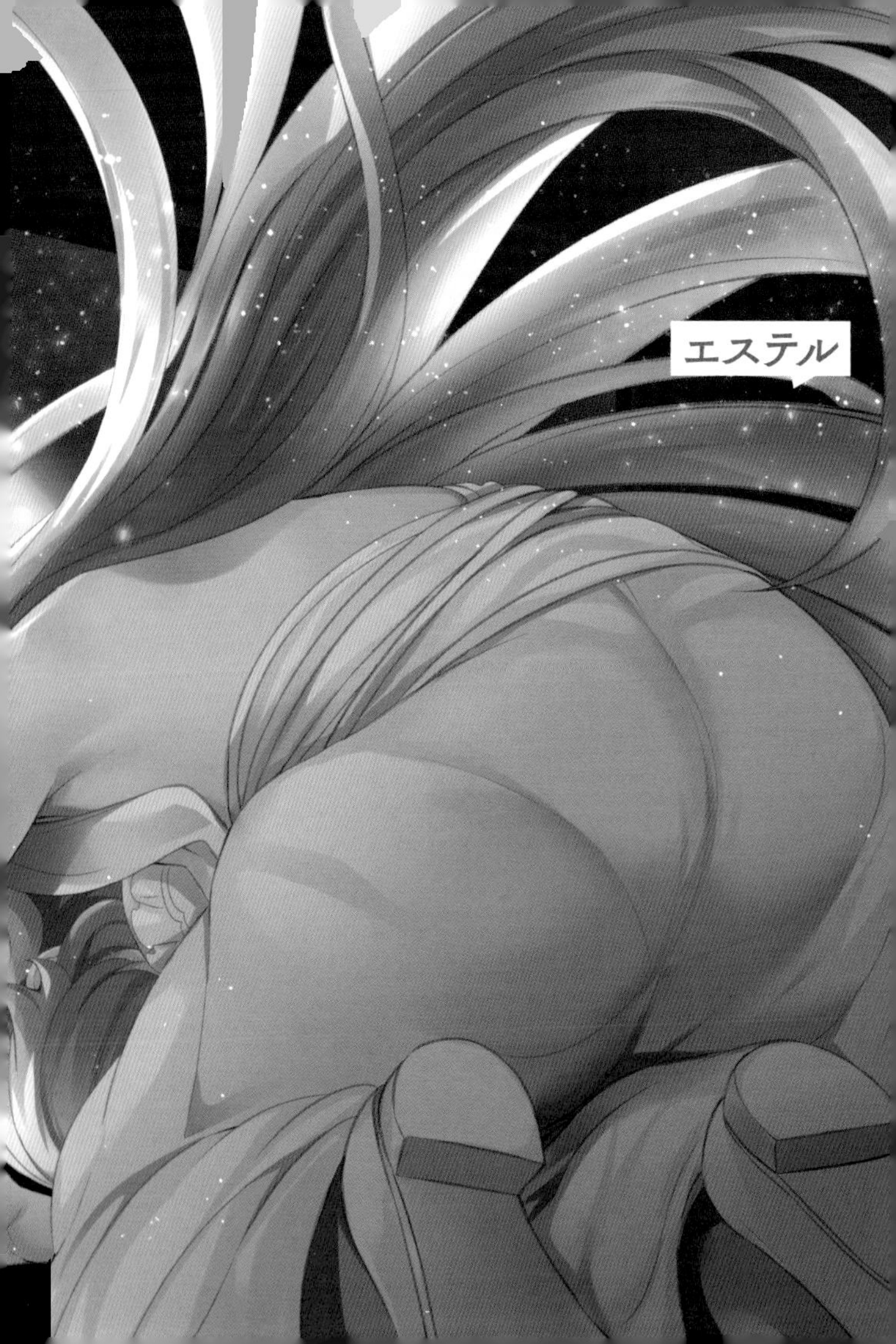
エステル

Character
ティント

CONTENTS

Doredake doryoku shitemo
Mannen Level 0 no oreha
Tsuihou sareta

どれだけ努力しても万年レベル0の俺は追放された 1

～神の敵と呼ばれた少年は、社畜女神と出会って最強の力を手に入れる～

蓮池タロウ

BRAVENOVEL
ブレイブ文庫

プロローグ　身を呈して守ったのに、追放。

魔物との戦闘中、パーティの盾役である俺に求められるのは、回復魔法を使えるリアや、もう一人の後衛であるレオノーレを守ることだ。

そして、一般的な盾役なら、時々前線に出て、魔法剣士であるサヴァンや、ナイフを二刀流で扱うハーフリングのトリッソを守ったりもするんだろう。

といっても俺には後者の役割は求められていない。特に三匹の小猿の魔物に狙われている状況では、リアとレオノーレの盾にならなくてはいけない……たとえこの身が壊れようとも、だ。

「ぴょっ、ぴょんっ、ぴょんっ、ぴょんぴょんぴょんっ！」

そのリアはというと、ぴょんぴょんと飛び跳ねながら、両手に持った杵を臼に振り下ろしている。リアの格好が、カジノにいるような大胆なバニーガール姿なので、なかなか特殊な光景だ。彼女もその自覚があるのか、兎人の特徴である、本来真っ白なうさ耳まで真っ赤にしている。

リアの十年来の幼馴染として彼女を擁護させてもらうと、彼女は皆が命をかけて戦っている最中、餅を食べたくて餅つきを始めるような食いしん坊じゃないし、当然痴女でもない。

魔法名【うさぎの餅つき（ラビット・ライス・ケーキ）】。

魔法によって杵と臼、そして粒状の魔力を作り出す。そして餅つきの要領でその魔力をつくことによって、回復効果のある魔力の塊を作り出す魔法だ。

　なお、なぜ格好がバニーガールかと言うと、〝うさぎっぽい格好や行動によって、回復効果が上がる〟という、うさぎの餅つき（ラビット・ライス・ケーキ）の性質に理由がある。

　だけど、冷静に考えれば、うさ耳と丸い尻尾は自前なわけだから、言ってしまえば黒のテラテラした際どい服を着ているだけ。効果があるのかは怪しいところだし、恥ずかしがり屋のリアとしては、一刻も早く装備を変えたいところだろう。俺にもうちょっと発言権があればなぁ……。

「ぴょんっ、ぴょんぴょんぴょんぴょん！！！」

　リアは、やけくそになった様子でブンブン杵を振り下ろす。すると、臼からぴかりと光がほとばしった。

　リアは杵を置き、膝をついて一つの餅状になった魔力を取りだす。そして、その餅をむにーっと引っ張って二つに切り分けると、レオノーレを見上げて言った。

「レオちゃん、お願いっ」

「えー、レオもう疲れちゃったんだけどー」

　レオノーレは、ラベンダー色の髪をかきあげながら、ツンと口を尖らせる。

　これこそ、命を懸けて戦っている中、なかなかにありえない態度だ。

　そんなレオノーレ相手に、気弱なリアは怒るどころか、「そっ、そうだよねっ、ごめんねっ」と謝ってしまう。

「……はぁ」

俺は、これからレオノーレに受けるだろう言葉を予想して、小さくため息をついてから、レオノーレに言った。

「レオノーレさん、頼むから運んでくれないか」

「は？　なんであんたなんかに命令されなきゃいけないわけ？　ていうかレオじゃなくてアンタがやりなよ。なんの役にも立ってないんだから」

レオノーレは、ただでさえキツイ印象を与える切れ長の目を、ギュンと吊りあがらせ言った。

キツイ言葉に心臓が痛くなるのを感じながら、俺はすまなそうな顔を作る。

「俺が触れちゃうと、俺に回復魔法がかかっちゃうから」

「……ちっ、ほんと役立たずよねー、あんた」

予想よりは優しい目の罵倒をした後、レオノーレは気だるそうに、腰に差した鞭を引き抜き、リアの作った魔力の塊に、ぴしゃんぴしゃんと振り下ろした。

すると、魔力の塊たちがふわりふわりと、宙に浮き始めた。

【女王サマの念動力】……鞭で打った対象物を念動力で操る魔法だ。こうやって後方から味方を支援することもできれば、敵に直接鞭を振ることで、非力な魔物くらいだったら動きを止めたりもできる。かなり万能な魔法なわけだが、本人は魔物との戦闘を嫌がるので、やるのは遠くから小石をぶつけたり、このようにリアの餅を運ぶくらいのものだ。

……それでも、レオノーレの言う通り、俺よりかは役に立っているので、文句は言えないんだけど。

　二つの塊はふわふわと前衛の二人のほうへ向かい、分かれて……いや、分かれず、二つとも前衛のうちの一人、サヴァンの背中に飛んで行った。

　サヴァンの背中に触れると、魔力の塊はぺたりとくっついた。そして体にゆっくりと溶け込んでいくと、キラキラと翠玉色の輝きを放つ。

「ちょっ、レオちゃーん!?　俺は俺はー！？！？」

　もう一人の前衛、トリッソが、小猿の魔物と小競り合いしながら、こちらを向いて悲鳴をあげる。レオノーレはその様子を見て、楽しそうに笑った。

「あんた、小さいから当てにくいのよ！」

「ちょっ、レオちゃーん、勘弁してよそれー！」

　トリッソは変わらぬテンションで返すが、その笑みは引きつっている。

　ハーフリングに身長いじりはあまりよろしくないけど、女王サマにそんな良識はないらしい。

「てゆーかそんなちっこいやつら、レオでも倒せるし！　そんなことより……サヴァン、頑張ってー!!」

　レオノールは、先ほどめんどくさがっていたのが嘘かのような嬌声をあげる。

　レオノールの寵愛を一身に受けたサヴァンは、レオノールの声に一つの反応も返さなかった。

　レオノールは不満げだが、当然の判断だと思う。

　サヴァンが今相手取っているのは、シルバーバックと呼ばれる、小猿たちの魔物のリーダー格だ。トリッソが相手取っている小猿たちを、縦横三匹分くらいある体躯を持ったそいつは、真紅の瞳を滾らせ、長い犬歯を剥き出しにしてギュルルと唸っている。

基本臆病で優しい性格のシルバーバックがあれほど怒り狂っている理由は、そのシルバーバックの横で倒れ込んでいる、彼と同じくらいの大きさのつがい、通称ブラックバックが原因だろう。自分の妻を、他の男にやりたい放題されたんだから、怒らない夫はいない……だから、オスのほうから倒そうって言ったんだけどな。

シルバーバックは、怒りの雄叫びをあげると、妻の仇めがけて、ハンマーを思わせる大きな拳を振り下ろした。

サヴァンは長髪と気品漂う白のマントをなびかせ、それをひらりと躱すと、右手に持った装飾豊かな『一角竜のレイピア』でシルバーバックの脇腹を突く。

シルバーバックは低いうめき声をあげるが、すぐさま拳を振り回して反撃に出る。

サヴァンは危なげなく躱してから、再びシルバーバックの脇腹を突く。しかしシルバーバックはシルバーバックで、うまく突きをガードすると、すぐに反撃してみせた。

すると、サヴァンの背中に苛立ちが見えた。プライドの高いサヴァンにとって、シルバーバックにうまく急所を避けられているという現状は、堪え難いものがあるんだろう。

その時、サヴァンの体が先ほどの翠玉色とは違う、白色の光に包まれる。

今発動したのは、魔法ではなく『スキル』だ。スキルは、魔力を使わない代わりに、条件を満たすことによって発動するという性質を持つ。

サヴァンの【華麗なる剣戟】は、『〝耐久力〟のステータスを下げる代わりに、〝器用さ〟と〝素早さ〟のステータスを上昇させる』といった効果を持つスキル。〝耐久力〟が下がるので、なかなかの代償を払わなくてはいけないスキルではあるのだが、〝器用〟さと〝素早さ〟が上がるので、その分回避能力はぐんと上がる。もともと耐久力が高くなくて、攻撃を受けるのではなく回避スタイルのサヴァンにしたら、メリットのほうが大きいんだろう。

もちろん、攻撃の面でも明らかなメリットがある。

サヴァンの剣筋は、先ほどと比べて、明らかに滑らかに美しい軌道で、シルバーバックの急所を華麗に突く。

シルバーバックは驚きの声をあげる。白銀の毛が、彼の血によってところどころ赤く染まり始めた。

シルバーバックはたまらず悲鳴をあげ、自分の体をかばうように丸くなった。その隙に、サヴァンがバックステップを踏んで後方に下がる。

どうやら、今度は魔法を使って決着をつけるつもりらしい。サヴァンの魔法は、あらかじめ決めたルートに風を巻き起こし、その風のレールに乗ってサヴァン自身を加速させる。

〝器用さ〟のステータスが上がった今なら複雑なルートを描けるだろうが、隙だらけの相手、ここは〝素早さ〟のステータスを生かし、まっすぐ最大出力で行くだろう。

「……風に吹かれて（ブローウィン・イン・ザ・ウィンド）」

サヴァンがご丁寧に魔法名を唱えると、鬱蒼と生い茂る木々たちが、風に吹かれ、葉をこす

り合わせさわさわと音を立てた。密林の湿度の高い密林の空気が、すっと澄むほどの強風だった。次の瞬間、

「ぐぎゃあああ！！！！」

サヴァンの加速の乗った突きが、シルバーバックの腹に直撃した。シルバーバックは叫声をあげながら吹き飛んで、後ろの大木にその身を勢いよく打ち付けた。

そして、糸の切れた操り人形のようにズルズルと地面に落ちる。大木にはべっとりと血の筋が付いていた。

シルバーバックの腹に風穴が開いたとなれば、小猿たちはすぐさま逃げ出すだろう……戦闘終了だ。

……あっ。

サヴァンが起こした第二陣の風が来るから、煽られては困ると盾を下ろした時、俺は見た。

サヴァンの斜め後ろ、うつぶせに倒れているブラックバックが、サヴァンが魔法によって巻き起こしている風に吹き飛ばされていない。その毛むくじゃらの大きな手が、地面から覗く木の根を、力強く掴んでいるのだ。

ブラックバックの瞳が、ぎらりと光った。

「危ない!!」

俺が声を上げるが、サヴァンは動かない。いや、動けないのだ。

サヴァンの魔法は、風を巻き起こし疾風の速度で攻撃する。

その速さは、人外のもの。サヴァンの〝ステータス〟では、自力で止まることができない。そのまま彼方に消えるか、何かに激突して絶命してしまう。

だから、サヴァンの【風に吹かれて（ブローウィン・イン・ザ・ウィンド）】は、風の力を使い加速すると同時に、あらかじめ決めた終着点で強制的に止まる魔法でもある。

今サヴァンは、その効果の副作用で、しばらくの間、動くことができないのだ。

【風に吹かれて（ブローウィン・イン・ザ・ウィンド）】はその対策として、止まった瞬間、サヴァンから円状に広がっていく風を起こし、周囲の敵を吹き飛ばす。味方を信用していないサヴァンらしい魔法だ。

……つまり、その風さえ耐えきれば、無防備なサヴァンと対面することができる、ということ。

俺は足に力を込め、サヴァンの元へと飛んだ。すると、サヴァンが起こした風が俺に迫る。

円状の風、と言っても、綺麗な円状ではないことを、この三年間、後方で体感している。攻撃対象の魔物に避けられた時のために、サヴァンから見て前方の半円のほうが、より強い風が吹くのだ。

その上、俺のところに来るまでに、風は弱まっている。耐えることができるはずだ。

盾を風に向けて水平にし、屈んで木の根を足に引っ掛け、耐える……そして、その木の根を利用して、飛び上がって走り出した。

それと時同じくして、ブラックバックが立ち上がった。

……俺の〝力〟のステータスじゃ、まともに受け止めれば、サヴァンと一緒に吹き飛ばされて、二人してダメージを負ってしまう。サヴァンは今〝耐久力〟が下がっているし、それは避けなくてはいけない。

ブラックバックは大きく右腕を振りかぶった。どうやら斜め後ろにいるサヴァンに、思いっきりフックを食らわせるつもりらしい。

……それなら、なんとかなる！

俺は、盾をまっすぐではなく、少し傾けて構えた。ブラックバックの拳がサヴァンに迫る。

ブラックバックも限界が近いのか、たいした勢いはない。

間に合う！

まともに受ければ、もろとも吹っ飛ぶ。

ならば、上に逸らせばいい。

俺はブラックバックとサヴァンの間に入ると、右足を少し前、逆ハの字を描いて膝を少し落とした。

そして、俺たちめがけて迫る拳を、まっすぐではなく、斜めで受けた。

その瞬間、衝撃に肺の中の空気が、全部残らず飛び出した。

「うぐっっっ！？！？！？」

視界がぐるぐると回り、身体中がムチに打たれたように痛む。胃から込み上がったものを吐き出すと、鉄の味が口に広がった。

そして、全身を襲う衝撃と共に、回転が止まった。

「っ！！！！　……ぐっ、ぐっ、はぁ……」

どうやら、シルバーバックと同じように、木に背中を思いっきりぶつけたらしい……滅茶苦茶痛ぇ。

痛みに歯を食いしばり顔を上げると、ぐらつく視界の中、サヴァンが、ブラックバックにトドメを刺しているのが見えた。

……どうやら、うまくいったようだ。

安堵のため息を吐くと、身体がずきりと痛んで声にならない悲鳴をあげる。自分の身体がどうなっているか恐る恐る見て、盾がなくなっているのに気がついた。

慌てて見渡すと、俺から二メートルほど離れたところに、ころんと転がっていた。

俺同様、無事ではすまなかったらしい。放射線状のヒビが入っているのが、ここからでも確認できた。

この三年間、あの盾ばかり使っていたことを考えると、十分すぎるくらい持ってくれたけど、ついに限界がきたか……修理に出したら、直るだろうか。こんな風に扱っといてなんだが、一応、大切なもんなんだ。

すると、ザッザッザと音を立てて、サヴァンが俺のほう……いや、俺の盾のほうに歩み寄って来た。

「！」

そして、俺の盾へ、高速の突きを何度も打ち下ろしたのだ。

ヒビの入った盾はサヴァンの突きに耐えきれず、無残に音を立ててバラバラになっていく。

サヴァンは、ふんと嘲笑を浮かべる。

「良かったじゃないか。偽物の盾から卒業だ」

「……っ」

こいつ、俺の盾が、親父の形見だと知ってるくせに……。

「このっ」

俺はこの時初めて、サヴァンに対して怒りを露わにした。

「ティント、お前はクビだ」

「……はっ？」

しかし、俺はすぐに怒りも忘れて、ぽかんとサヴァンを見上げてしまった。

その言葉自体には、驚きはない。毎日のように、似たようなことは言われてきたからだ。

戸惑ったのは、この状況でそんなことを言い出したことだ。俺にしては珍しく、活躍した場面だ。サヴァンのために身を呈したところなんだぞ。

「お前のような無能が、なぜ我々についてこられたと思っている」

「……それ、は」

「僕の命令を聞いてきたからだ」

俺が答える前に、サヴァンがぴしゃりと言い放った。

サヴァンは、冷ややかな目で俺を見下しながら続けた。

「お前には、リアとレオノーレをの盾になるよう命令をしていたはずだ。それなのになぜ、勝手な行動をとった」

「いや、それは、サヴァンが危ないと思って」

サヴァンの目が一層冷える。プライドの高いサヴァン相手に、失言だったと後悔する。

「……僕の魔法を舐めるなよ。反動で動けないと言っても、たかが数秒の話だ。【華麗なる剣戟】で回避能力もあげている。お前が盾にならなくても、躱すことができた」

「…………」

今まで三年間、サヴァンの戦いを後方で見ていた身としては、回避はできなかったと思う。だが、反論したところで水掛け論にしかならないし、ひとまず俺に反論の権利はない。

何を言われても、耐えるしかないのだ。

「お前は命令を無視し、無駄な行動で勝手に怪我を負い、リアとレオノーレを危険に晒した。そんな盾役を必要とするパーティが、一体どこにいるんだ」

「…………」

……一理、あるのか？　サヴァンが吹き飛ばされてしまっていたら、怒り狂ったブラックバックが、リアとレオノーレを襲っていたと思うんだが。

「……悪かったよ。次からは気をつける」

「駄目だ。お前はクビだ」

「っ……」

間髪入れずそう言うサヴァンからは、一切の取りつく島を感じなかった。

どうやら、いつものパワハラとはワケが違うらしい。

……今日、皆の様子がおかしいことと、何か関係があるんだろうか。

「そーそー！　お前にはとっとと辞めてもらわないと困んだからよー！　ね、サヴァンくん！」

すると、逃げ去っていく小猿に中指を立ててから、トリッソが媚びへつらった笑みを浮かべ、こんなことを言った。

その言葉に、サヴァンが「おい」と動揺を見せる……辞めてもらわないと困る？

「……何か、あったのか？」

俺が聞くと、サヴァンは眉間に深い皺を刻み、舌打ちをする。

そして、深々とため息をついてから、こう言った。

「我々は、多様性の庭（ダイバーシティ・ガーデン）のセフラン団長から、入団の誘いを受けた」

「……えっ⁉」

多様性の庭（ダイバーシティ・ガーデン）。

数多あるパーティの中でも、冒険者ギルドが最高峰のパーティと認めた、S級パーティの一つ。多種多様な人種が集い、誰もが知る有名冒険者や、将来を嘱望されている若手冒険者がうじゃうじゃいるパーティだ。

中でも、わずか十八歳でレベル100に到達したり、人種戦争を終結しアリア大陸を統一したりなど、数々の伝説を持つ、勇者ベルンハルドの娘……通称《勇者の娘たち（ブレイヴ・ドーターズ）》のアイタナ。

彼女はその出自と、それに見合う戦闘力と可憐な見た目、そして珍しいハーフエルフであるなど、今一番注目されている冒険者と言っても過言じゃない。

そんなアイタナをエースに据える多様性の庭（ダイバーシティ・ガーデン）は、今一番勢いのあるパーティで間違いない。

そこから誘われる？　それって、とんでもない大ごとだぞ……。

俺はパーティの面々の顔を順々に見た。

どうやら、この話を知らなかったのは俺だけだったらしい。視線の終着点のリアが、気まずそうに視線をそらした。

……何となく、状況が理解できてきた。心臓がぎゅっと縮む。

「……凄い、じゃない、か」

俺は視線をサヴァンに戻した。サヴァンは、フンと鼻を鳴らす。

「ああ、凄い。お前ではなく、我々が、な」

「…………」

冒険者ギルドは、引き抜き行為を表面上禁止しているが、他のパーティを吸収合併することは許している。

だが、吸収合併で得た冒険者を即日クビにするような真似は、許していない……。

「多様性の庭（ダイバーシティ・ガーデン）の団長が、吸収合併の前に、俺をクビにしろと？」

俺の言葉に、サヴァンは細く整った眉をピクリと動かした。

「……フン、だとして、文句を言える立場か？」

そして、俺を嘲笑った。

「何せお前は、どれだけ戦闘に参加してもレベルアップしないレベル0の《神敵（ゴッド・エネミー）》だ。S級パーティにお前の居場所など、あるわけがないだろう」

「…………」

俺は、黙り込むしかなかった。

どんなS級パーティにも、低レベルの冒険者はいる。育成目的はごく一部で、大抵は雑用のために雇われているんだ。

しかし、そんな雑用係の中に、レベル0のまま三年間冒険者を続けているようなやつは、確かにいない。

というか、そんな冒険者、この国、トスカブルクを見渡しても、俺一人しかいない。

《神敵（ゴッド・エネミー）》。これが俺の、冒険者としての二つ名だ。

考えうる限り、最低の二つ名。

しかし、『花冠の儀式』という儀式を通し、我々人類の母、女神エステルの〝レベルアップ〟の加護を受けたにもかかわらず、どれだけ戦ってもなぜか経験値が少しも入らず、ずっとレベル0のままの俺には……悔しいが、ぴったりだ。

そう、俺は、女神エステルから愛されていないのだ。

「言って、くれれば、よかったのに」

俺がポツリと呟くと、サヴァンは俺を見下しきった目で見た。

「リアに寄生しこのパーティに残り続けたお前のことだ、多様性の庭（ダイバーシティ・ガーデン）に入れると知ったら、リアに泣きついてなんとか残れないかと頼み込み、彼女に負担をかけただろう。その前にクビを切る、という話ではなかったか？　トリッソ」

「あ、へへ、すんません」

……寄生、か。

確かに、レベル０の俺がこのパーティに居続けられたのは、貴重な回復魔法使いのリアの幼馴染だから、というのが、一番大きな理由だろう。

リアは、兎人であることや、そしてそのかわいらしい見た目から、街の悪ガキからよくちょっかいをかけられていた。

そんなリアを俺が庇ったことときっかけで、リアは毎日のように、俺の後をついてくるようになった。気弱なリアが冒険者の道を選んだのも、俺の後を追ってきたから。

それを知るサヴァンは、俺をクビにしたら、回復役のリアまでパーティを抜けてしまうんじゃないかと心配していたんだろう。

……でも、それはあくまで、三年前の話だ。

「てゆーか、別にクビにしなくて良くない？　こいつ一人残して、レオたちが辞めればいいんじゃん」

すると、鞭を鳴らしながら、レオノーレがこう言った。

「おっ、レオちゃんそれマジ名案じゃーん！　団長のサヴァンくんが抜けるんだし、引き抜きにはなんないっしょ！」

すかさずトリッソが言う。レオノーレは意地悪く笑ってから、

「あ、リアは残る？　もともとあんた、こいつとパーティ組むために冒険者になったんでしょ？」

リアにこう問いかけた。「レオノーレ」とサヴァンが声をあげる。

多様性の庭（ダイバーシティ・ガーデン）の団長が最も欲しいのは、優秀な剣士で有力貴族の息子、サヴァンだろうが、二番目に欲しいのは、回復魔法使いのリアに違いない。

「…………っ」

リアは、その問いに、ウサギの耳を垂らしてうつむいて、視線を下に落とした。

「残、らない」

そして、少しの沈黙の後、かすかに震えながらも、普段のリアとは違う、意志のこもった声で言った。

リアが顔を上げ、俺を真正面から見る。その瞳には、三年前はあった俺への好意など、微塵も残っていなかった。

「もう、ティントに守ってもらう必要、ないから」

「っ……」

心臓が、ぎゅっと掴まれたように苦しくなる。

ああ、俺が今まで受けてきたどんな暴言よりも、キツイなぁ。

……でも、そりゃ、そうだろうな。

昔は俺に守られるだけだったリアは、今やレベル２０。対して俺は、レベル０のまま。

そして、毎日のようにパーティメンバーにいびられながら、ロクに反抗もしない俺は、リアにとって、あまりに頼りなく、情けない存在になってしまったんだ。

「クキャキャキャ、リアにも見捨てられるって、マジ居場所ないじゃーんティントくーん！」

トリッソが、腹を抱えて笑う。

レオノーレも「ま、そりゃ当然ね。こんな情けない男のために、尽くす女なんていないわよ」と高笑いをする。

「……さて、どうする、ティント」

サヴァンも口角を嫌味に吊り上げて、俺に問うた。

……これ以上、リアを困らせるわけにはいかない。最後くらい、昔みたいに、リアのことを守ろう。

「わかった、よ」

俺は痛む身体を庇いながら、なんとか立ち上がった。

そして、深々と礼をする。

「レベル０の俺を、今までパーティに置いてくれてありがとう」

そして俺は、三年間所属していたパーティから追放された。

第一章　女神様の土下座はあまりに美しかった。

「……つっ」

俺は痛む身体を庇いながら、冒険都市リギアの外れ、貧民街の、通称掃き溜め通り(スウィープール)を歩く。

『パーティを抜ける人間に、回復魔法をかけてやる義理などない』

これが、サヴァンのお別れの言葉で、リアはそれに従った。といっても、所属している頃も回復魔法はかけてもらえなかったけど。

おかげで、ブラックバックに負わされた怪我そのままに、俺は帰路につかなくてはいけなくなった。

全身の痛みは、おさまるどころかズキズキと増してきている。回復師の元に行って治療を受けないと、まずいかもしれない。しかしあいにく、俺にはそんな金がない。

……そう、金だ。俺が今まで受け取っていた報酬は、他のメンバーと比べてゴブリンの涙ほどだった。日々の生活が精一杯。涙を流さないことから〝ゴブリンの涙ほど少ない〟という表現が使われるようになったゴブリンが、将来が不安で泣いちゃうくらい貯金がないんだ。

だから、明日からの生活のため、たとえ心身ともにボロボロでも、必死に働かなきゃいけないんだ。

問題は、どんな仕事にするかってことだけど……。

……冒険者、続けようかな。

「……馬鹿」

俺は、よく揶揄（からか）われるオレンジ色の頭を、ブンブン振った。

十三歳で冒険者になってから今日までの三年間、俺はこれでも、身を粉にするつもりで、必死に努力してきたつもりだ。

だけれども、レベルは0のまま。それでも、二年目くらいまでは、いつかはこの努力が報われ、レベルアップできるんじゃないかと思っていたが……流石にもう、そんな希望は抱けない。

希望が抱けないなら、現実を生きていくしかないんだ。

……そう、現実を生きていかないといけない。

だからこそ、冒険者を続けるべきじゃないのか。

確かに俺はレベル0だが、同時にこの三年で、冒険者としてある程度の知識と技術は身についた。さらに言えば、貧民の俺は学校に通ったことがなく、勉強もろくにしたことがない。経験のある仕事といえば、土木作業員の親父の手伝いくらい。その時の縁も、親父が遅刻や無断欠勤を繰り返し、クビになった時に切れてしまった。

となると、冒険者を続けるのが、案外現実的なのかもしれない。

……いや、ないだろ。

俺の二つ名が《神敵（ゴッド・エネミー）》であることからわかるように、俺がレベルアップしないことは、この街の冒険者ならほぼ全員知っている。

恥ずかしい話、《勇者の娘たち(ブレイヴ・ドーターズ)》よりも、知名度だけで言ったら上かもしれないんだ。

そんな俺が入団を希望したって、どこのパーティからも門前払いを受けるのがオチだ。今年から冒険者になった新人たちですら、俺と組むのを嫌がるだろう。

となると、ソロプレイをするしかないんだが、レベル0の俺がソロなんて自殺行為でしかない。自殺行為でしかないから、冒険者ギルド側としても、俺がクエストを受けることにいい顔をしないだろう。なんなら引退勧告されてしまうかも知れない。

受けられたとして、かなり低レベルのクエストくらいだろう。ただでさえお金にならない上、ギルドがしっかり仲介手数料を持っていくので、一日物乞いしたほうがまだマシってなものだろう。

ならば冒険者ギルドを通さずに、個人で依頼を受けて冒険者のようなことをしてしまえば、なんていうのもダメだ。そんなことをしてしまえば、この冒険者ギルドの本拠地、冒険都市リギアでは、まず生きていけない。

女神エステルからの『レベルアップ』の加護は、冒険者ギルドが主催する『花冠の儀式』を通して受けることができる。その恩恵のおかげで魔物相手にも戦えるというのに、冒険者ギルドに利益を与えないとなれば、怖い顔をしたお兄さんが、俺のボロ屋に雪崩れ込んでくることになるだろう。

……と言っても、俺はその恩恵をほとんど受けていないわけだから、見逃して欲しいところではあるんだけど。

ま、ということで、サヴァンにクビにされた時点で、俺の冒険者人生は終わってしまったんだ……。

俺は、深くため息をつき、その拍子に痛む身体に悲鳴をあげる。

心残りがあるとすれば、親父の遺言を守れなかったことか……。

……いや、ぶっちゃけ、そうでもないんだよなぁ。

正直言って、俺は親父のことがそこまで好きじゃなかった。

俺が生まれてすぐ、嫁に逃げられ、酒、タバコ、ギャンブルに溺れ、建築の仕事をクビになった。そっから更生して真面目に働こうともせず、いい歳して勇者ベルンハルドみたいになりたいとか言い出して、悪運よく『花冠の儀式』を通過し、冒険者になった。なんで女神エステルが親父を選んだか、未だに疑問だ。

で、この街の近辺にある『ゴブリンの森』に冒険に出て、ゴブリンにすら勝てず逃走中に、スライムを踏んづけずっこけて頭を強打し、借金を残して死んじまった。

『俺を超える冒険者になれ』という遺言を伝えにきた冒険者仲間が、息子が目の前にいるっていうのに思わず吹き出してしまうような親父。尊敬なんて、当然できない。

だいたい、バックパックに詰め込んだバラバラの形見の盾だって、俺にくれた理由は本当にしょうもなかった。

男の憧れの魔物といえば、ドラゴン。そのドラゴンから剥ぎ取った素材で作られた武具は強者の証で、特に勇者が使っていたらしい『火龍の盾』なんかは、冒険者なら誰しもが憧れるものだ。勇者信者だった親父も、例に漏れず火竜の盾に憧れていた。
そんな親父が貯金を全部はたいて買ってきたのが、『果粒の盾』だ。
果粒の盾は、『火龍のうたた寝』という木の実から作られた盾だ。
『火龍のうたた寝』……それこそ、今日行ったヌボンチョの密林でも取れる真っ赤な木の実で、
その見目が丸まった火龍に似ていることや、火龍並みに外果皮がカッチカチで食べにくいこと
から、その名がつけられたそうだ。
その『火龍のうたた寝』の丈夫な外果皮を使って作られたのが、『果粒の盾』。
見た目だけでいえば、火龍の盾そっくりだ。そして火龍の盾の何百倍も安値で買える。
つまり、親父はなけなしの金を使って、見た目が似ているだけのパチモンの盾を買ってきた
のだった。
親父が『火龍の盾』なんて持てるわけがないので、即パチモンだとバレる。
それを散々馬鹿にされた親父は、その帰りの日、「やるよ」と投げ捨てるように果粒の盾を
俺によこしたのだった。
俺としても、親父と同じくパチモンの盾なんて使いたくなかったが、金はないし性能自体は
硬くて軽くて、木製の盾の中ではかなりいいので、仕方なく使っていただけのこと。
大した思い入れはない……とは言えないけど、でも、今日のサヴァンの盾に対する攻撃だっ
て、別に怒るようなことじゃなかった、はずだ。
そう、だから、早く、忘れないと……。

「……うげ」

しかし、俺の意思に反して、頭の隅に追いやっていた今日の出来事が鮮明に思い出される。

……神から愛されていない、親父の遺言を守る義理もない、冒険者という仕事にロクな思い出がない。そして俺はまだ十六歳、いくらでもやり直しがきく……うん、客観的に見て、冒険者を続ける理由なんてない。

「……はぁ」

……それなのに、なんで、冒険者、辞めたくないんだろうなぁ。

そんなことを悶々と考えているうちに、俺はもう一つの親父の形見である、貧民街の中でもなかなか個性的な家へとたどり着いた。

親父が仕事で出た廃材を使って一から作ったものだ。親父、単純に腕がなかったからクビになったんじゃや、と思うくらいには歪な形をしているのが、傷心に染みる。

ともかく、心身ともに限界を迎えているから、とりあえず今日は眠って、これからのことは明日考えることにしよう。

俺はドアノブを捻り、倒れるように家の中へ入った。

「……えっ」

そして、一人の少女が、椅子にちょこんと座っているのを見た。

桃色の髪は、艶やかに流れ、うちの汚い床に落ちるほど長い。伏し目がちの瞳は長いまつ毛に隠れながらも、この世のものとは思えない輝きを放っていて、物憂げながら美しい。

彼女が身に纏う、一切の汚れを知らない純白で荘厳なドレスが、彼女の美貌によって、完全に脇役に追いやられていた。

「…………………ッッッッッッ！？！？！？！？！？！？」

もちろん、うちのボロ屋にとんでもない美少女がいたこと自体、驚きだ。

だけど、この鳥肌の原因は、それだけじゃない。

なぜだかわからない。だが、彼女を見た瞬間、はっきりと理解できた。

彼女は、我々人類の母であり、我々を守るため魔物避けの結界を張り、我々に『花冠の儀式』を通じて、レベルアップの加護を与えてくださるお方。

間違いない……。

このお方は、女神エステル様だ……。

気づけば、俺の目からは滂沱の涙が溢れ出し、感動にブルブルと打ち震えていた。

「…………」

女神エステル様は、そんな俺に視線を向けると、無言で立ち上がった。

背は俺の頭一つ低いが、その威圧感は、今まで戦ってきたどんな魔物とも比べ物にならない。

そして、女神エステルはどこか強張っているようにも見える無表情で、俺に歩み寄ってくる。

「……あ」

俺は自分の状況を理解し、乾いた声をあげる。神に謁見できたという感動は、すぐさま真っ黒な恐怖に塗り変わった。

そう、俺は《神敵(ゴッド・エネミー)》だ。レベルアップの加護を受けながら、神から愛されずレベルアップできない嫌われ者。

そんな奴の前に、神が現れたのなら、その理由は、一つ。

女神エステルは、俺を裁きにきたんだ。

女神エステルが、俺にゆっくりと迫る。

彼女にかかれば、自分の命など、こともなげに奪われてしまうことを肌で実感し、涙の代わりに、全身の毛穴という毛穴から汗が吹き出た。

今すぐ跪いて、このお方に許しを乞わないといけない。

しかし、体が雷に打たれたように麻痺して、全く言うことを聞かない。

だから、俺は許しを乞う代わりに今度は恐怖に震えて、神への畏怖を示した。

そのうちに女神エステルは俺の眼前まで来て、髪の毛と同じ色の瞳で俺を覗き込んだ。

その瞳に映る俺はあまりにちっぽけで、なんともくだらない存在だった。

……ああ、そうか、俺、死ぬのか。なんだ、尊敬してない親父なんかより、よっぽどしょうもない人生だったな。……まぁ、でも、女神様に幕を下ろしていただけるなら、それはそれでいいのかもしれない……。

そして、俺は死を覚悟し、瞼を閉じた。

「……こっ、この度は誠に申し訳ありませんでしたぁああああああ」

「……えっ」

目を開くと、女神エステル様は忽然と姿を消していた……あっ、いやっ、下だ。

女神エステル様は、平伏して地面に頭をこすりつけている……いわゆる、土下座、をしていたのだった。

「………えっ」

俺は何度も目を擦ったが、女神エステルは、どこか慣れているようにすら見える、ピシッと美しい土下座姿のままだった。

……えっ、てことは、これは現実？　……俺今、女神エステル様に土下座されている……………!?!?

「えっ、えっ、えっ、えっ、エステル様!?!?!?　どうか御顔をお上げください！！！！！」

俺は慌てて跪いて、エステル様に懇願した。

しかしエステル様は、土下座姿勢のまま、顔を床に擦りつけるように首を振る。

「いえ、いえ!!　私はとんでもないミスを犯してしまったんです！　ですからどうか土下座させてください！！！」

「……うっ、はっ、はい……ッッッッ!??!?」

エステル様がそう望むのなら、俺程度がエステル様の土下座をやめさせるわけには……いやいや、やっぱ駄目だろ、我ら人類の母に、こんな情けない姿をさせたままっていうのは！

「そっ、そのっ、なぜエステル様が土下座しなくてはいけないのか理解できないので、どうか御顔を上げて、事情を説明していただければと思うのですがっ」

俺が言うと、エステル様はゆっくり顔を上げた。「……その通り、ですね。申し訳ございません」と、ずずっと鼻をすすりあげる。

そして、背筋をピンと伸ばし、これまた綺麗に正座をして、潤んだ瞳で俺を見る。

安心したのもつかの間、あまりの可憐さに胸が高鳴る。駄目だ駄目だ、人間程度が、エステル様にときめいちゃ駄目だ！

そしてエステル様は、上品な所作で俺に頭を下げた。

「私は、株式会社ブラックゴッドの、女神エステルと申します」

「……………っ」

カブシキガイシャ？　が何のことかいまいちわからないけど、やっぱり、目の前の方は女神エステル様なんだ。

エステル様に謁見できているという名誉と恐怖。頭がおかしくなりそうだ。

「ティント様はご存知のことかと思いますが、こちらの世界の管理をさせていただいてます」

「……あ、え、はいっ！？！？！？」

だから、エステル様が俺を様付けで呼んだ時、思わず飛び上がってしまった。

「そんな私の仕事内容の一つとして、十三歳以上の冒険者の方に、花冠の儀式でレベルアップの加護を贈呈する……というものがあります。ティ、ティント様も、十三歳で冒険者になられた際、ギルドの方から説明を受けたと、思います」

「……はっ、はい」

しかし、エステル様は、さも当然といった表情で話を続けてしまう。

これ以上ティント様と呼ばれたら心臓が止まってしまう。かといって、エステル様のお話を遮るわけにはいかない……耐えるしか、ないのか。

……ていうか今、『仕事』って仰ったか？　女神様って、『仕事』でやるようなことなの？

……それだけじゃなくって、様付けや……土下座、なんて……俺が想像する神とは、正直全く違う。現に今もエステル様は、まるで俺のほうが上と錯覚してしまうくらい、ぷるぷると子犬のように震えている。

そして、エステル様はゴクリと生唾を飲み込むと、今にも泣き出しそうな顔で俺を見上げた。

「……その時、なぜだかわからないのですが、不具合があって、ティント様に加護のほうが……上手くかからなかった、ようなんです」

「……不具合、ですか？」

「はっはい……つまり、ティント様が冒険者になられてから三年間、一度もレベルアップしなかったのは、完全に私の責任なのです!!　本当に申し訳ございませんでした！！！」

「ああ！」

再び土下座するエステル様のお顔をなんとか上げさせようと、混乱する脳みそを回転させる。

「……あっ、それじゃあ、エステル様に嫌われていたとか、そういうことではなかったんですね!?」

「あっはい！　もちろんそんなことは一切ありません！！！」

エステル様は半泣きで顔を上げた……と思ったら、また土下座だ！

「ティント様の御心中はお察しします。謝罪されたところで、ティント様の三年に渡る苦しみが消えるわけではありません。もちろん、もちろん許せるはずがないんです！」

「あっ、えっ、許します！」

「……えっ」

エステル様が、ぽかんとした表情で俺を見上げる。ああ、助かった。

どうやら、エステル様を驚かせてしまったようだ。だけど、俺からしたら当たり前だ。

もちろん、どれだけ頑張ってもレベルアップできず、馬鹿にされ続けた三年間は、地獄の日々と言っても大げさじゃないと思う。

が、だからと言って、直接謝罪に来てくださった女神様を許さないなんて、一人間として絶対にあり得ない。

それに、てっきり嫌われているものだと思っていたから、そうじゃなかったことが知れて、むしろ、嬉しい……目の前にエステル様がいなかったら、泣き出してしまっていたと思う。

「ユルス……？」

「は、はい。あっ申し訳ありません!!　許すなんて、偉そうな言い方をしてしまいました!!」

エステル様が呆然と反芻するので、俺は慌てて謝罪する。しかし、エステル様はぽかんとしたままだ。

「いえ、あの、そういうことではなく……ユルスって、『過失や失敗などを責めないでおくとがめないことにする』、という意味の、許すってことでしょうか？」

「？　……は、い……？」

それ以外何かあるんだろうか？

ただでさえ混乱している状況での奇妙な質問。良い加減頭がおかしくなりそうになりながら、何とか頷く。

「……はっ」

すると……失礼だが、あまり生気の見られなかった瞳に、ポッと感情が灯った。

「初めてっ」

……初めて？

「初めてっ、許してもらえたぁぁぁぁぁぁぁ」

「……えっ？」

そしてエステル様は、ボロボロと泣きながら、俺の膝へダイブしてきたのだった。

「うえっ、エステル様！？！？」

「うえええええええんっありがとうございますぅぅうううう」

「……ええええ」

俺は急展開に次ぐ急展開に、小さく戸惑いの声をあげる。にしても、股間あたりに顔を埋めている状況って、絵面的にかんなりまずい。エステル様が女神様ってことを知られちゃったら、俺は確実にギロチンの刑にかけられちゃうだろう。

しかし、そんなこと言うわけにはいかないので、エステル様が泣き止むのを、心臓が壊れないよう深呼吸しながら待った。

※

「も、申し訳ありませんでした。あとでズボンの替えを用意させていただきます」

顔を羞恥に染めたエステル様が、すまなそうに謝る。俺は「いえいえいえ！」とブンブン首を振る。

確かに、俺のズボンは、このまま外に出たら恥ずかしいくらいにビッチャビチャだ。

でも、エステル様の体液だから、決して汚いものではないし、なんなら元気が出たくらいだ……いや、そういう変態的意味ではなく、多分聖水的な効果があるんだと思う。身体の痛みも弱くなった気がする。

しかし、『初めて許してもらった』って……役立たずの俺ですら、サヴァンに一回くらいは許してもらったことがあるけど……神様ってことは、普段は天国で暮らされているんだよな。

天国って、そんな地獄じみているのか……？　死ぬのが一気に怖くなってきた。とりあえず、自殺するのは絶対にやめよう。まあ女神様を泣かせた時点で、俺は地獄行き確定なんだろうけど。

「……許していただけたのは、本当にありがたいのですが」

　エステル様が真っ赤っかになった目で、真剣に俺を見つめてくる。

「私としましては、当然、このまま帰るわけにはいきません」

「えっ」

　帰らないの……？

　いや、決して帰っていただきたいわけではないが、エステル様が俺の家の汚い床に座っているという状況に、長く耐えられる自信がない。

「……そ、それは、なぜなのでしょうか？　やはり俺が、何か悪いことをしてしまったのでしょうか？」

「いえいえいえいえいえいえ！！！　むしろ逆！　全くもって逆です!!」

　エステル様は、桃色の美しい髪をふりみだす。

「ティント様は、三年間冒険者でいらっしゃったにもかかわらず、レベル0のままでした。それはそれは、大変な精神的苦痛だったと思います」

「いっ、いえ、そんなこと」

　まあ、正直苦痛ではあったけど……。

「そこで……ご満足いただけるかわかりませんが、お詫びの品を準備致しましたっ」

「……お、お詫びの品？」

「はいっ」

エステル様が頷く。しかし、エステル様は見る限り手ぶらだ。どういうことだろう？

「まず、当然のことですが、ティント様にしっかりと『レベルアップの加護』をかけ直させていただきます」

「……えっ、それって」

「はい。今日をもって、ティント様はレベルアップすることが可能となります」

レベルアップ、できるようになる……この俺が？

嬉しい……以上に、想像が、つかない。それくらい、俺にとっては縁遠いものだ。

俺が唖然としていると、エステル様が申し訳なさそうに頷いた。

「もちろんそれだけではお詫びの品として足りませんよね、わかります……ですので、ティント様にはこの三年間で本来獲得していた値 × １００倍の経験値を贈呈させてもらえれば、と」

……えっ。

「ひゃ、ひゃくばいっ!?」

ひゃくばいって、まともな教育を受けてない俺でも、かなり数値が増えるってわかる。

それでも、活躍らしい活躍などしていない俺が得た経験値なんて、大したことないんだろうけど……もしかしたら一気に、リアと同じレベルくらいに、なるのかな。

リアの俺を見る無機質な目を思い出し、ブルリと体が震えた。

するとエステル様が、アセアセ汗をかきながら言う。

「や、やはり、１００倍では足りないでしょうか？　それでは１０００倍で」

「！　いえ、いえいえいえ！　ありがたく頂戴いたします！」

俺はすぐさま頭を下げた。すると、エステル様が「よかった……それでは」と言ってから、何やらモジモジとされ始めた。

……尿意でも催されたのだろうか。トイレにご案内しようかと思った時、エステル様が一つ大きな深呼吸をして、俺を真剣な瞳で射抜いた。

「私を、抱きしめていただけませんでしょうか？」

「……え」

だ、抱きしめるって……。

つい、今まで見ないよう気をつけていたエステル様の、華奢なわりに大きな胸に視線が行ってしまう。

鉄の意志で視線を上げると、エステル様は顔を真っ青にしていた。

「あっ、決して日々の激務と孤独から、人肌を求めているわけではありません！　経験値を与える上で必要なことなんです！　だからセクハラで訴えないでくださいお願いします！」

「ああ!!　訴えるわけありませんから、どうか土下座はおやめください!!」

女神様に触れさせていただくなんて、土下座したいのはこっちだ。だいたい女神様を訴えるって、どこにどう訴えればいいんだ。

「そっ、そうですか、よかったぁ……あっ、そっ、それでは、どうぞ」

そう言って、エステル様はおずおずと両手を広げた。

……これは、ヤバイ。こんな魅力的な方と、抱き合う、なんて。

万が一、女神様相手に……劣情を催したとなったら、それこそ《神敵（ゴッド・エネミー）》として、ハラキリしながらギロチンの刑を受けないといけなくなる。

「あっ、やっぱキモいですよね。わかってますよ？　私みたいな喪女と抱き合うなんて、焼き土下座以来の罰ゲームでしかないですもんね。誠に申し訳ございませんでした!!」

「いえいえいえ!!　そんなことはないです!!　ぜひ抱かせてください！」

再び顔を真っ青にされるエステル様。

そんな言い方をされてしまったら、抱きつかないほうが失礼に当たってしまう。

「……そっ、それでは、失礼します」

俺は、深々と一礼をしてから、膝を擦ってエステル様に近づいた。

ふわりと、底辺冒険者の俺とは縁遠い、女性の良い匂いがして、久しく忘れていた男の感覚に思わず身震いする。

「すみません、すみません……」

俺は何度も謝りながら、エステル様の華奢な背中に手を回した。

エステル様の豊かな胸が、俺のお腹のあたりに当たる。うわっ、柔らか。

「そっ、そっ、そっ、それじゃあ、いきますね……」

エステル様の上ずった声が耳をくすぐると、密着度がさらに上がった。うわ、これ、マジでやばいかも……。

『じゃつじゃらじゃつじゃつじゃぁ～ん』

「……あっ」

その時、頭の中で鳴り響いたその音に、俺の邪念は吹き飛んだ。

ほとんどの冒険者が、冒険の過程で聞く、レベルアップを知らせる〝祝福音〟。

と言っても、レベルアップしたことない俺は、トリッソの鼻歌くらいでしか、聞いたことがなかった。

……そうか、俺、ついにレベルアップしたんだな……。

「……ぐすっ」

エステル様を、俺の涙で汚すわけにはいかない。必死に堪えようとした。

しかし、この三年間の苦労が、そうさせてくれない。俺は上を見て、エステル様を汚さないよう頑張る。

『じゃつじゃらじゃつじゃつじゃぁ～ん』

うわぁ、待ってくれ、これは頑張っても無理だ。レベル２なんて、もう一生手が届かないもんだと思っていたから……。

『じゃつじゃらじゃつじゃつじゃぁ～ん』

うお、と思ったらレベル３！　ああもう、喜ぶ暇もない！

『じゃつじゃらじゃつじゃつじゃぁ～ん』

『じゃつじゃらじゃつじゃつじゃぁ～ん』

やった！　レベル5だ。これで、Ｆランクから Ｅランクの冒険者になることができる！　夢みたいだ！

『じゃつじゃらじゃつじゃつじゃぁ～ん』

『じゃつじゃらじゃつじゃつじゃぁ～ん』

『じゃつじゃらじゃつじゃつじゃぁ～ん』

『じゃつじゃらじゃつじゃつじゃぁ～ん』

「……えっ、ちょっ、待っ」

いや、レベルアップ自体は、ありがたい。でも、ただでさえ感情の起伏で疲れ切った脳みそに、この頭をぶっ叩くような大音量が連続で流されるのは、かなり辛い。

それに、一気にレベルアップしているせいか、違和感というか、まるで自分が自分ではなくなってしまうような感覚が怖い。ちょっと、一旦止めていただくことはできないんだろうか？

……馬鹿、念願のレベルアップだろ。今までの苦労と比べたら、この程度の苦痛、耐えられなくてどうする。

それに、『今まで得たはずの経験値』は全然大したことないわけだし、たとえ１００倍でも、もう直ぐ終わるはずだ。

『じゃつじゃらじゃつじゃつじゃぁ～ん』

『じゃつじゃらじゃつじゃつじゃぁ～ん』

『じゃつじゃらじゃつじゃつじゃぁ～ん』

『じゃっじゃらじゃっじゃっじゃぁ～ん』
『じゃっじゃらじゃっじゃっじゃぁ～ん』
『じゃっじゃらじゃっじゃっじゃぁ～ん』
『じゃっじゃらじゃっじゃっじゃぁ～ん』
『じゃっじゃらじゃっじゃっじゃぁ～ん』

「……えっ」

全然、終わる気配がないッ……嘘だろ、このままじゃ、マジで頭がおかしくなる……ッッッ。

頭が割れるように痛い。『じゃっじゃらじゃっじゃっじゃぁ～ん』

吐き気が津波のように押し寄せてくる『じゃっじゃらじゃっじゃっじゃぁ～ん』視界がチカチカと点滅する『じゃっじゃらじゃっじゃっじゃぁ～ん』体の内側で内臓が暴れる『じゃっじゃらじゃっじゃっじゃぁ～ん』痛い『じゃっじゃらじゃっじゃっじゃぁ～ん』痛い！『じゃっじゃらじゃっじゃっじゃぁ～ん』痛い！！！！！

『じゃっじゃらじゃっじゃっじゃぁ～ん』
『じゃっじゃらじゃっじゃっじゃぁ～ん』
『じゃっじゃらじゃっじゃっじゃぁ～ん』
『じゃっじゃらじゃっじゃっじゃぁ～ん』
『じゃっじゃらじゃっじゃっじゃぁ～ん』

『じゃつじゃらじゃつじゃつじゃぁ～ん』

『じゃつじゃらじゃつじゃつじゃぁ～ん』

『じゃつじゃらじゃつじゃつじゃぁ～ん』

『じゃつじゃらじゃつじゃつじゃぁ～ん』

『じゃつじゃらじゃつじゃつじゃぁ～ん』

『じゃつじゃらじゃつじゃつじゃぁ～ん』

『じゃつじゃらじゃつじゃつじゃぁ～ん』

『じゃつじゃらじゃつじゃつじゃぁ～ん』

『じゃつじゃらじゃつじゃつじゃぁ～ん』

「うっ、うわああああああああああああ！！！！」

そして、目の前が真っ暗になり、俺は意識を失った。

※

「……うっ」

目覚めると同時に、鋭い痛みが身体中に走り、悲鳴をあげる。

身体の無事を確認するため起き上がろうとしたが、大きなスライムでもまとわりついているかのように、体が重い。

抗いがたい倦怠感に襲われ、俺はベッドに体を投げ出した。

なんだ、これ……二日酔いを、最低最悪にしたみたいな……。

二日酔い？　その可能性は、十分にある。

パーティをクビになり、ヤケクソになって深酒。そしてそのまま家に帰り、ベッドにダイブした、みたいな。

もし、そうだとしたら、女神様からお許しをいただき、経験値を頂戴したというのは、酔っ払った俺が見た、クビになったショックから逃れるための現実逃避の夢だった、なんてこともあり得る……。

……だとしたら、なかなか救いようがないな。

でも、そっちのほうが、よっぽど現実的だ。ていうか確実にそうだろ。

「ははは……」

俺は自嘲気味に笑った。そして、笑っている余裕もないことに気がつく。晴れて俺は貧乏無職になったんだ。仕事を探しにいかなくてはいけない。

俺は、身体の痛みを無視して、気力を振り絞り起き上がった。

……とりあえず、水を飲もう。

そう思い、俺は立ち上がった――

「んっ」

「……えっ」

俺の家のぼろっちい床とは明らかに違う感触が足裏に走り、反射的に足をあげる。

そして、恐る恐る視線を落とすと、身体が雷に打たれたかのような衝撃に飛び上がった。

「んぅ……」

俺が踏んだのは、床で寝息を立てているエステル様……。

それも、位置的に、エステル様の……顔、だ……。

「……う、うわあああああああ！！！！」

「あっ、すみません寝てません仕事します！」

自分が犯した罪に耐えきれず叫ぶと、女神様は飛び起きて、頭がつきそうな勢いでお辞儀をした。そして、「えっ、あれ、ここどこ……？」と寝ぼけ眼でキョロキョロし、俺を見つけてハッとする。

「あっ、ティント様、起きられたんですね……良かった」

「…………」

安堵に緩んだ女神様の顔には、確かにうっすらと俺の足の跡がついている……。

「もっ、申し訳ございません！！！！」

倦怠感など何処かに吹き飛び、俺はすぐさま土下座した。

少しの沈黙の後、女神様が口を開く。

「あ、全然大丈夫です、地べたで寝るの、慣れてるので。会社で残業の時とか地べたで寝てますし」

「いえ、そうではなく……えっ」

雲の上にいるはずの女神様が普段地べたで寝ているのか？　……いや、それどころじゃない。

普段地べたで寝てようが、女神様は女神様で、俺はそんな女神様の顔を踏んだんだ。

女性の顔を踏むってだけでも男として最低なのに、相手は女神様……こんな罪深いこと、絶対に許されることではない。

「よくそのまま始業時刻まで寝て、踏んづけられて起こされます。お前床と似てるからついつい踏んじまったとか言われて、へへ、似てますかね？」

「…………！？！？！？」

普段から、踏まれてるの……？

……いや、だとして、俺は天界の住民じゃないし、天使とかは基本飛んでいるから足の裏とか綺麗なはずだ。言い訳にならない。

「……あっ！　こちらこそ申し訳ありませんでした！」

しかし、俺が自決する前に、エステル様が俺に向けて深々と頭を下げた。

「ティント様が気絶されているのに、気づかず経験値を送り続けてしまって」

「あっ、いえ」

「そのっ、決して人に抱きしめられたことがなく、これを一生の思い出に生きていこうなんて思って、長引かせたわけではないんですよっ!?」

エステル様が、必死の形相で言う。

もちろん、女神様がたかが人間に抱きしめられたって、何も感じるわけがない。それよりも、前の発言。

そう、エステル様がここにいる、ということは、経験値の件も夢じゃなかった、ってことだ。

「そっ、それでティント様、ちゃんと経験値のほうが送れたか、確認をさせていただきたいのですが」

エステル様が、おずおずと仰られる。

……そうか。俺が気絶したせいで、エステル様はステータスの確認ができなかった。そのせいで帰れなかったから、俺をベッドに運んで、自らは床で寝ていらっしゃったのだ。

「もっ、申し訳ありません、今すぐっ……『ステータス・オープン』」

俺がそう唱えると、俺の胸のあたりから、ずるりと『祝福の書』が現れた。

祝福の書は、『花冠の儀式』に通過したものに与えられる冒険者の証。『ステータス・オープン』と唱えれば自分の中から現れる、不思議な書だ。

この書には、自分の能力値、いわゆる〝ステータス〟や、魔法やスキルの有無が記されている。また、確認だけじゃなくって、常時発動するパッシブルスキルのオンオフなんかも、この書からできるようになっている。まあスキルもレベル0の俺には、あんまり関係ないんだけど。

俺は紐を解き、書を開き、ステータスを確認した。

ティント　男　ヒューマン
レベル：２１９８
力　　：２５＋１２１０００
耐久力：３４＋２４１７８３８
持久力：２８＋７２４７１０
器用さ：８＋９６６２５０
素早さ：８＋４９３２１０
魔力　：３０＋１６９０１５２
魔法　：なし
スキル：【耐えるもの】Ｌｖ．Ｍａｘ

「……は？」

俺は寝ぼけ眼を擦りに擦って、もう一度、ステータスをマジマジと見た。

「……はぁ！？！？！？！？」

レベル：２１９８……！？！？！？！？！？

たっ、確か、あの伝説の勇者ベルンハルドのレベルが、３００、とかそんくらいだったはず。

もちろんレベル四桁なんて、人類史上一人もいなくて、人類がレベル四桁に到達するのは不可能だ、というのが、冒険者の中での一般論だ。

ステータスの値も、おかしい。こんなもん、ドラゴンや幻獣の比じゃない。なんなら最強の種族、魔族ですら、簡単に倒せてしまうんじゃなかろうか。

俺の役立たずスキル、【耐えるもの】もＬｖ．Ｍａｘになっているし……どうなってんだ、これ。

……うん、何かの間違いだ。こんな化け物、この世に存在していいはずがない。

「あっ、良かったです」

すると、エステル様が俺のステータスを覗き込み、安堵のため息をついた。

……え、なんだろうそのリアクション。まるで、この馬鹿げたステータスが正しいみたいだ。

「エ、エステル様、その、このステータス、おかしくないでしょうか？」

俺の言葉に、エステル様が戸惑いを見せる。俺は動揺で怪しくなった呂律で続ける。

「そ、その、今まで得た経験値の１００倍って……こ、こんなレベルに、なるはずがない、のでは？」

前所属パーティの団員で最高のレベルが、自分が一番経験値を得るため、ほとんどの魔物にトドメを刺していたサヴァンの４０なんだぞ。

たとえ１００倍になったからといって、ただの盾役の俺が、こんな異常なレベルになるわけがない。

「あっ、それはその、違って」

俺がその疑問を伝えると、エステル様はどこか得意げな表情で続けた。

「レベルが高くなれば高くなるほど、レベルアップにかかる経験値が多くなる、という経験値論が、こちらの世界では主流かと思います」

「はっ、はい」

冒険者なら、レベルアップをしていく過程で、誰しもが体験することだ……と言っても、俺は体験したことがないんだけど。

「実はそれ、レベルが上がれば上がるほど、経験値を得にくくなる、というのが、より正確な規則なんです」

「………？」

一体何が違うんだろうと困っていると、エステル様はさらに得意げな表情になった。

「つまり、レベルアップに必要な経験値は、どんなレベルでも１００ＥＸで固定されているんです。ただ、レベル０とレベル１００では、同じ魔物を倒しても、レベル１の冒険者のほうが、レベル１００の冒険者より経験値を得ることができるのです。なので、レベル１になるのとレベル１０１になるのでは、前者のほうが簡単にレベルアップできるってことです」

「…………？？」

「ティント様は、今の今までレベル０のまま、自分より強い魔物と命をかけて戦闘を続けてきました。その経験は、本来でしたらレベル２０を超えるもので、それを１００倍にしたらこのレベルになった、ということなんです」

「…………？？？」

ズキズキと痛む頭では、イマイチ理解できない。

けど、ともかく、このステータスは、間違いでもなんでもない、ということらしい。

……マジかよ。

俺は、しばらくの間、自分のステータスを見て固まった。やっぱり数字は一切変わらない。

え、なんだこれ。なんだこれ。

「…………」

その時、エステル様が俺に期待の眼差しを送っているのに気がつく。え、なんだろう。もう要件は済んだはずだけど……あ、俺、お礼言ってない。不敬にもほどがある。だからお帰りにならないんだろう。

「エッ、エステル様、これほどの天恵をいただき、心より感謝申し上げます」

俺はすぐさま、エステル様に跪いた。

「いっ、いえいえ、そんな、お礼を言ってもらうようなことでは……元は私のミスが原因ですので」

「いえ、女神様のやることにミスなどありません。女神様がそうされたからには、それが正しいんです。俺はそれを受け入れるだけです」

「そっ、そうですか……？」

「はい、もちろんです」

「……す、すみません。ありがとうございます」

「……い、いえ」

「…………」

「…………」

……えっ、帰らないんだろうか。

ステータスも確認し終わったことだし、エステル様がここに来た目的は、もう達成なされているると思うのだが。

……正直、オーラを放ち続けるエステル様の前では緊張のほうに神経が行ってしまう。今はこの異常なステータスについて、一人で冷静に考えたい。

くぅ。

沈黙がいくらか続いたその時、可愛らしい音が、確かにエステル様のお腹から聞こえた。

「……あっ、ごめんなさい。その昨日のお昼からっ何も食べてないものでっ」

エステル様が、顔を真っ赤にして早口で言う。え、お昼から何も食べてない？　……神様って、もしかして貧乏なのか？

いやいやいや、そんなはずがない。多分、ダイエットでもなされているんだろう。

「そ、そうなんですね……ちっ、ちなみに、昨日のお昼はどのようなものを召し上がったのですか？」

「あ、草です」

「……え、く、草？」

「あ、はい……多分」

「多分!?」

「あ、はい。地面から生えてた緑色のものなので、多分草だと思います」

「…………」

ダイエットで、そんな得体の知れないものを食べることはないだろう。てことはやっぱり、あまり良い生活をなされていないみたいだ。

といっても、天界に生えている草？　は人間界の何よりも美味しいはずだ。人間が作ったしょうもない朝ごはんなど、食べたいとは思わないはずだ。

「……あの、俺が作ったものでよければ、朝ごはん、準備いたしますが」

だからこそ、こう言うことによって、エステル様は「お暇します」と言いやすいに違いない。

「あつあつ、ありがとうございます！　いただきます！」

「えつあつはいっ」

……マ、マジか。

※

ともかく、俺の部屋と台所には仕切りがあるので、背後に女神様の圧迫感を受けながらも、一人になることができた。

俺は迷ってから、戸棚から、包み紙に包んだなけなしの干し肉と乾パンを棚から取り出した。貧乏人の俺にできる最大のおもてなしは、干し肉を乾パンで挟んだサンドウィッチくらいのもの。参ったな、本当にこんなものでいいのか？

しかも、男の一人暮らしだから、干し肉のほうはめんどくさくってそのまま直接がぶりといっちゃっている。まさか女神様と間接キスをするわけにもいかないので、その部分は切って捨てないといけない。

もちろん魔物の解体に使っている戦闘用のナイフを使うわけにはいかない。包丁は……リアが、まだ家に来ていた頃、彼女が使って以来だから……やっぱり。

案の定、棚の奥にある包丁は錆び付いていた。そこに、俺とリアが疎遠になった年数を感じ、切ない気持ちに胸が疼いた。

俺は頭を振る。このままでは綺麗に切れない。

昨日は冒険者姿のまま寝てしまった。俺は腰袋から研ぎ石を取り出し、左手で包丁を握り、右手で研ぎ石を包丁にあてる。

これだけ錆びていると、一筋縄ではいかなそうだ。俺は砥ぎ石を刀身の根元に当てて、押すように、

キィイイイイン…………ッッッ！！！！

「！？！？！？！？！？」

その時、甲高い金属音が鳴り響いた。

俺は思わず顔を顰めた。そして、恐る恐る足元を見ると、俺の足元に、包丁の刃の部分だけが転がっていた。手を見ると、砥ぎ石も左手に握った柄のほうも、粉々になっている。

……そうか。

〝力〟のステータスはステータスの中でも特殊で、ある一定までの力の入れ具合だったら発揮されないらしい。

今、俺はその一定を超え、〝力〟のステータスを発揮してしまった……その結果が、これだ。

……現実。

血の気が、さぁっと引いていく。

現実なんだ、数値を見ただけじゃあどうやったって信じられなかった、あの化け物じみたステータスは。

つまり、俺は一夜にして……。

この世界で、最強レベルの人類になったんだ。

寝起きの頭が一気に冷める。ぶるりと大きく震え、震えることすら危ないんじゃないかと、必死になって凍りついた。

女神様から経験値の話を聞いたときは、そりゃ嬉しかった。リアのレベルを超えて、彼女に見直されたらいいな、なんてことも考えていた。

でも、レベル2198って、もうそんな規模の話じゃない。俺がその気になれば、この国を滅ぼすことだって可能なんじゃなかろうか。

俺、これから、一体どうすればいいんだ……？

「…………っ」

このままこの感情に向き合い続けたら、心が壊れてしまう。

……エステル様のご命令なんだ。かなり危険だけど、力まなければ大丈夫なはず。まずサンドウィッチを作ろう。

そう思った俺は、地面に転がる刃を、慎重に慎重に拾い上げた。

そして、新しい砥石で、撫でるように包丁を研いだ。結局切れ味が上がらなかった包丁で、さらに慎重に干し肉をスライスすると、乾パン二枚で挟む。

干し肉のサンドウィッチは、だいぶ不格好なものになってしまった。

「す、すみません、不恰好で……」

欠けた皿にサンドウィッチを乗せ、エステル様に差し出す。エステル様は瞳をまん丸にしてサンドウィッチを見た。

そりゃそうだよな。こんなもの神様に献上するなんて失礼すぎる。

俺は慌てて「もっ、申し訳ありません！　このようなもの、食べませんよね！」とサンドウィッチを片付けようとしたが、その時には、サンドウィッチは皿の上から消え去っていた。

「はぐっ、はぐはぐっ、むぼぐっ」

エステル様は、ものすごい勢いでサンドウィッチを頬張る。

うわ、なんか、食べ方、すごいあれだな……いやいや、女神様がこう食べているんだから、たとえ汚く見えても、この食べ方が正しいんだろうけど。

エステル様は、豪快にサンドウィッチを完食なさると、目を瞑って上を向く。ツゥーっと一筋の涙が、頬を伝った。

「す、すごいっ、ちゃんと塩味がある……」

「……よ、よかったです」

天界といえど、やっぱり草はただの草みたいだ。神様よりよっぽどいい生活をしていながら、自分の生活を苦しいと感じていたのが恥ずかしい。

しかし、俺よりもよっぽど高位で、それこそ俺よりも簡単に人類を滅ぼせてしまうだろうお方が……失礼だが、ここまで庶民的だと、なんだか俺も普通でいていい気がして安心する。おかげで、少し平静を取り戻せた。

「ごちそうさまでした。大変美味しゅうございました……そ、それで本題なのですが、ティント様は、これからどうなさるおつもりでしょうか」

お腹が満たされて少し元気が出た様子のエステル様が、こう聞いてきた。俺は、ある程度冷静になった頭で考える。

昨日までは、普通の仕事を探す予定だった。だけど、こんな化け物じみたステータスを引っさげて、普通の仕事をするほうが怖い。俺が何かをきっかけに先ほどのように力んでしまい、

その時周りに誰かがいたら……考えただけでゾッとする
……だったら、ソロで冒険者を続けるしかない。

結果、続けたいと思っていた冒険者を、続けることになった……昨日とは状況が違いすぎるけど。

「……とりあえず、このステータスに慣れるため、ゴブリンの森にクエストに出ようかと思います」

とにかく今は、〝力〟のステータスをうまく扱えるようにならないといけない。

サヴァンは、あえて〝力〟のステータスを半分程度発揮し、魔物を油断させてから〝力〟のステータスをマックスで発揮したりしていた。その調節の感覚を掴んだら、力んでもそこまで危険じゃなくなるはずだ。

本当ならもうちょっと力を試しやすく人気のない、かつお金の稼げるフィールドに行きたいが、どれだけレベルが高くても、昇格試験を受けていない俺は冒険者ランクFのままだ。俺が受けられるクエストは、結局Fランクに相応しいものだろう……どうだろう、このレベルを見せたら、ランクFとかどうでもよくなっちゃうか。

エステル様は「それが、いいと思います」と大きく頷いた。そして、口をモゴモゴ、何か言いにくそうになさる。

そして、平伏したくなるほど可愛らしく上目遣いで、こう言った。

「その、二つほどお願いがあるのです」

「…………」

俺は、思わずゴクリと生唾を飲み込んだ。

お願い？　この強大な恩恵の代償としてされるお願いって、一体どんなものなんだ？

「まず、そのステータス、最初のうちは、周囲にバレないようにしていただけないでしょうか？」

「……周囲にバレないように」

乾いた口でエステル様のお言葉を繰り返す。エステル様は、申し訳なさそうにこうべを垂れる。

「実は、今回の謝罪は、私の独断でやらせてもらっているんです」

「……はい」

まあそりゃ、女神様なんだからそうじゃないのか、とも思ったが、女神様が『仕事』で、複数人でやっていることなら、独断だとちょっとまずいのか。

それこそ、本当に辞めさせたい理由こそ他にあったものの、俺がクビにする上での大義名分は、独断でサヴァンを守ろうとしたことだしな……。

「その、うちの会社本当にブラックで、とにかくミスを隠蔽する体質なんです。だから、私が上に報告しても、『ティントなんて冒険者はいなかった』でおしまいになってしまうので……」

「……な、なるほど」

背筋が冷える。やはり、天界の方なら、俺みたいなちっぽけな存在、最初からいなかったことにできてしまうんだ。

「その、流石にそれは罪悪感が凄くて、どうにかしなきゃって思って、天界から降りてきたんです。仕事でもないのに下界に降りること自体禁止されているのに、こうやって下界の方に正体を明かして、その上１００倍もの経験値を与えるなんて、バレたら絶対にクビになっちゃいます……」

「……そうだったんですね。ありがとう、ございます」

つまり、エステル様は、それほどの危険を、俺なんかのために冒してくれたのか……鼻の奥がツーンとなる。

俺としてはもうありがたくって仕方ないんだけど、エステル様はお美しいご尊顔を辛そうに歪めながら、続ける。

「それで、その、例えば、昨晩までレベル０だったティント様が、いきなりトップ冒険者として名声を得たとなると、うちの怠け者どもでも流石に気づいて、私の関与が疑われてしまう可能性が高く……なので、最初のうちは実力を隠していただいて、時が経つにつれ徐々にレベルアップした、という体をとっていただけないかと……結局私も隠蔽体質、同じ穴の狢って話なんです。汚い大人でごめんなさい」

「い、いえっ、汚くなんかないです！　もちろんそうさせていただきます！」

一礼してから、思っていたほどの条件でないと、とりあえず一息つく。

だけど、厄介は厄介か。人類は四桁レベルになんてなれないというのが通説だから、俺がこのステータスを人前で思いっきり振るうことは、一生できないってことになる。

サヴァンたちの前で力を振るい、クビにしたことを後悔させる、なんてことも、やるやらないを置いといて、それなりに遠い未来になるだろう。

……逆に言えば、人さえ見てなかったら、このステータスを使い放題、というわけか……やっぱり、今の段階では、喜びよりも恐怖が勝つな。

二つ目のお願いは、一つ目のお願いより驚かされた。

「それと、そのゴブリンの森に、私も同行させていただけないでしょうか？」

「えっ!?」

「そ、その、ステータスに慣れるまで苦労もあるかと思いますので、その間、ティント様のお側にいさせていただければ、と。もしティント様が暴走してしまったら、私が止めることもできますし」

「！」

それは、非常にありがたいお話ではあるんだけれど……。

「……で、ですが、エステル様にそのようなお時間を取らせるわけには」

「あっ、大丈夫です。ティント様に謝罪するため、有給をとってるので」

「……有給、ですか？」

「あっはい。約１００年間連続出勤していましたので、三週間ほどおやすみをいただけました。その間、同行させていただければと思います」

「…………」

マジで、天国の労働環境ってどうなってるんだ？

しかし、三週間、か……１００年連続出勤のエステル様にとってはあまりに短いが、俺には結構長い。女神様と、三週間行動を共にする……やっと初めてレベルアップしたのに、気を使いすぎて死んでしまうぞ。

「あっ、そりゃやっぱ嫌ですよね。男の人に初めて優しくされてテンション上がっちゃってる喪女なんて厄介極まりないですもんね。気をつけます」

すると、俺の戸惑いを敏感に感じ取ったエステル様が、これまた女神らしくないことを言う。

もちろん厄介なんかではない……し、厄介だったとして我慢すべきなので、俺は頭が取れんばかりに首を振った。

「いっ、いえいえいえ！　全くそんなことはないです！　むしろお美しすぎるというか!!」

「オホッ!?」

エステル様が……失礼だがゴブリンが潰されたような声をあげ、顔を真っ赤にした。

エステル様ほどの美貌の持ち主には、当然の誉め言葉のはずだが、もしや褒められ慣れてないんだろうか？

……そう、そうだ。エステル様の美貌は、人間のそれじゃない。一目見て、女神様だとわかるレベルだ。

「ただ、その、俺のような学のない人間でも一目でエステル様が女神だとわかったので、エステル様が外を歩けば、大騒ぎになってしまうのではないでしょうか？」

言っても俺は育った家が家だから、そこまで信心深いほうじゃない。それこそエステル教の教徒なんかがエステル様を目撃しようもんなら、俺みたいなリアクションじゃすまないはずだ。

「……あっ、全然大丈夫です」

耳まで真っ赤っかにしたエステル様が、何やらドレスのスカート部分をゴソゴソし始めた。

チラチラ覗く白い太ももを眩しく思っていると、いつの間にかエステル様の手に黒い板があった。エステル様が「へい、しり」と唱える。すると、その板がぴかりと光った。

「神性をゼロにして」

『ハイ』

「うおっ!?」

すると、板から棒読み口調の女の声がした。驚く俺に微笑みかけて、エステル様が言う。

「これで、私のことを神と気づく方はいないと思います」

「…………」

確かに、今までエステル様から発されていた、圧迫感のようなものがなくなった気がする。

もちろん、絶世の美少女は美少女のままだが、なんか幸が薄そうというか、不幸が似合うというか、虐めたくなる……。

とんでもなく不埒な考えがよぎり、俺はブンブン頭を振った。

「……ティント様、その、それで、私、帰らなくてよろしいでしょうか？」

するとエステル様が、嗜虐心がそそられる上目遣いを俺に向けてくる。

どうやら、俺が心配とか以前に、帰りたくないようだ。そりゃそんな地獄のような天界だったら帰りたくないよなぁ。

だったら、俺は受け入れるだけだ。

「もちろんです。どうか、よろしくお願いします」

俺が頷くと、エステル様の顔がぱあっと華やいだ。うっ可愛い……駄目だ駄目だ。

※

いくら神々しさがなくなったとはいえ、純白のドレスを纏った美少女は、普通に目立ちすぎる。俺は一切力まないよう意識しながら、それなりにちゃんとしたローブを買ってきて、エステル様に身につけていただいた。

エステル様の小柄な体格はローブにすっぽり収まり、フードを被ってもらったら、ほぼ初心者魔法使いの出で立ちとなった。

これならエステル様の美貌でも目立たないけど、いよいよ財布がわりにしている巾着袋の中がすっからかんになってしまった。

今日稼げないと、俺はともかく、エステル様まで貧しい思いをさせてしまう。それだけは絶対に避けなければいけない。

全身凶器の俺と、女神エステル様。二人ともなるべく人通りを避けるべきなので、俺たちは遠回りを繰り返しながら、やっとのことで冒険者ギルドへとたどり着いた。

「ほぉぉ……中世ヨーロッパっぽい……」

エステル様は、冒険者ギルド正面にある、荘厳なステンドグラスを見上げ、感嘆の声を上げる。国の税金をたっぷり使って作られた冒険者ギルドは、外面だけ見ればなかなか立派な建造物だ。

だけど、残念ながら、中身は外面に見合わない。血の気の多い冒険者たちがたむろするギルドは、貧民街と比べても、決して治安のいい場所とは言えないのだ。

エステル様には外で待っていただこうかとも考えたが、女神様を一人にするのはちょっと恐ろしい。仕方がないので、一緒に入ってもらうことにした。

冒険者ギルドに入ると、一気に俺たちに視線が集まる。一瞬、エステル様の正体がバレてしまったのかと警戒したが、どうやら違うようだ。視線は、俺たち、というより、俺に集まっている。

「ひっ」

エステル様が悲鳴をあげる。嘲笑交じりに見られるのは慣れているけど、今日はそんな俺でもウッとなるくらいに強烈だ。もちろん女神様に向けられるべきものじゃない。

俺はエステル様の前に入り、冒険者たちの視線からエステル様を守る盾となった。

……まさか、もう俺がサヴァンに追放されたことが広まっちゃったのか？　いや、昨日の今日の話だから、流石に話が回るの、早すぎないだろうか。

「よおよおティント様、俺たちと別れてすぐに他の冒険者と組むとは、さすがはうちの元エース様、大人気ですなぁ」

……いや、こいつほどのおしゃべりだったら、一日もあれば十分か。

自分の倍は大きい冒険者の間を縫い、短い足を目一杯大股にしてこちらにやってくるのは、ニヤニヤ意地の悪い笑みを童顔に浮かべるトリッソだ。

こいつはコミュ力が高く、こうやって冒険者ギルドに居座って他の冒険者を笑わせているのをよく見かける……そのネタのほとんどが、俺の《神敵(ゴッド・エネミー)》っぷりを馬鹿にするものらしいが。

俺は、目だけ動かして周囲を窺う。

……よかった。サヴァンとリアはいない。トリッソに会うのもかなり鬱陶しいけど、とにかくあの二人とは会いたくなかったんだ。

「……今日は、クエスト行かないのか」

俺がそう聞くと、トリッソはニヤニヤ笑ったまま言った。

「ああ、今日は休みだよ。リアちゃんは今頃、サヴァンとデートしてるんじゃないかぁ？」

「……そうか」

長い付き合いで、トリッソに対してはとにかく無反応で返すのが一番いいのは、深く身に染みている。

トリッソは、狙い通りムッと顔をしかめる。しかしすぐに軽薄な笑みを取り戻し、俺の後ろに隠れるエステル様を見た。

「あんた、こいつとだけは組まないほうがいいぜ。何せこいつは《神敵(ゴッド・エネミー)》だからよ。あんたまで女神エステル様に嫌われちゃうぜ？」

……こいつ、今話しかけているのが女神エステル様って知ったら、卒倒するだろうな。

エステル様はというと、がくりと俯く。多分、俺がこういう悪口を言われちゃっていることに、罪悪感を抱かれているのだろう。もちろんエステル様のせいじゃない。こいつらが性悪なのが悪いんだ。

俺はナイフの柄に手を伸ばしている自分に気がつき、慌てて自制する。今すぐトリッソの首を落としてやりたかったが、今の俺が力を振るえば、トリッソどころかこの冒険者ギルドを破壊してしまうかもしれない。

俺は一つ深呼吸をして、身体の力を抜いてから言った。

「……彼女は冒険者じゃないよ。そんなことよりクエストを受けたいんだ、どいてくれ？」

「……クエスト？　お前が？」

トリッソはただでさえ丸い目をほぼ正円にして俺を見た。そして、ブフッと大げさに吹き出すと、正円から三日月に目の形を変える。

「おいおい、お前、てっきり引退を伝えにきたかと思ったら、まだ冒険者続けるつもりなのかよ!?　エースってのは嫌味で言ったんだぜ!?　信じて嬉しくなっちゃったか!?　悪りぃ悪りぃ!!」

すると、冒険者ギルドはどっと笑いの渦に包まれた。俺はそれを完全無視して、連中からエステル様を守りながら、クエストが掲載された掲示板へと向かう。

目当てのクエストは、すぐに見つかった。

ゴブリンの森でゴブリンが大量発生した際に出るクエストで、ゴブリンを狩った分だけ報酬がもらえる。無限ゴブリンなんて呼ばれたりもするクエストだ。

このクエストで何匹かゴブリンを狩れたら、今日のご飯代くらいにはなると思う。

俺はその用紙を慎重に取って、冒険者ギルドの受付へと向かった。

顔見知りの受付嬢さんは、俺のことを心配そうに見てくれる。この冒険者ギルドで、唯一に近いくらい、俺に優しくしてくれる人だ。

「その……残念です、ティントさんの努力は、私も知っていますから……追放、だなんて」

「ああ、いえいえ、全然気にしていませんから……それはそうと、ソロでクエストを受けたいんですが」

「……ソロで、ですか？」

受付嬢さんは、まだは腹を抱えて笑っているトリッソの方を見る。言いたいことはわかるけど、俺があいつと組むことは、今後一生ないだろう。

「はい、お願いします」

「……その、正直、ティントさんがソロというのは、お勧めできません……そちらの方とは組まれないのですか？」

今度はエステル様のほうに視線を移した。俺は頷く。組むも何も、エステル様は冒険者じゃない。全冒険者の母なんだ。母を冒険者にする息子なんてろくなもんじゃない。

「……すみません。ティントさんの現段階のレベルでは、ソロでクエストというのは、ちょっと……」

「ゴブリンの討伐でも、ダメでしょうか？」

「……はい」

「……参ったな」

まさか、ゴブリンすら討伐させてもらえないとは思っていなかった。レベル0って言ったって三年冒険者をやっているんだから、もうちょっと信用して欲しいものだ。

この受付嬢さんで無理なら、他の受付嬢さんのところに行っても無理だろう。こうなったら、クエストを受けずにゴブリンの森に行ってしまおうか。こっそりやればバレないだろうし、ゴブリンを解体して素材にすれば、ちょっとはお金になるはずだ……。

「そこで、なのですが、ティントさんに提案があります」

すると、受付嬢さんが身を乗り出し、眼鏡をクイッとあげた。おっ、クエスト、受けさせてくれるのかな？

「ティントさんさえよろしければ、エッチな仕事などしてみるのはどうでしょう？」

「……へっ？」

エッチな、仕事……？

「きっとティントさん、向いていると思うんです、エッチな仕事！　私の知り合いに女性用風俗を経営している方がいるので、ティントさんさえよかったら、今からでも面接に向かいませんか？」

「………………」

多分、受付嬢さんとしては、俺のことを心配して言ってくれているんだろう。

確かに俺みたい落ちこぼれ冒険者には、再就職先が限られる。

その中で、男も女も血気盛んな冒険者が多いリギアで当然盛んである水商売は、俺みたいな中庸な見た目の男でも、案外現実的な選択肢なのだ。

しかし、エステル様の前でそういった類の話はやめてほしい。どう考えても神聖なる女神様のお耳に入るべき話じゃない。こういうのがあるから、冒険者ギルドにエステル様を入れたくなかったんだ。

「な、何を言っているんですか受付嬢さん。俺、水商売に向いているとは思えないですから」

「いやいや、ティントさん、服越しでもわかるくらい立派なオチ○ポお持ちじゃないですか」

「ちょっ、受付嬢さん!?　マジでやめてもらっていいですか!?」

下品な奴が多い冒険者が集まる冒険者ギルド。そこに勤める受付嬢さんは、当然下ネタに対する耐性が強くなる。

……にしたって、オチ○ポ、はどうかと思う。ポってなんだよポって。〝チン〟を〝ポ〟にしただけなのに、より下品に感じるぞ。

神聖なるエステル様のお耳に、こんな下品な言葉を入れてしまうとは……自分の無力さに落胆しながら、エステル様のほうを恐る恐る窺う。

エステル様はと言うと……あれ、めっちゃ俺の股間あたりを見ている。え、嘘だろ!?

俺は即座に見てないフリをして、受付嬢さんに向き直る。

「とっともかく！　そういう仕事をするつもりはないんですっ」

「え、そんなにクン○うまそうな顔してるくせに」

「何言ってるんですかマジで。絶対にやらないんですっていい加減にしてください」

怒りに声を震わせると、流石に反省したのか、受付嬢さんは深々と頭を下げた。

「そんなこと言わずに、なんとかやってもらえないでしょうか!?　私もめっちゃ通うんで！　この通りです！」

「そんなに俺にエッチな仕事させたいですか!?」

受付嬢さん。心配してくれてるんだよな……？

「まあまあ受付嬢さん、確かにこいつは万年レベル０の《神敵(ゴッド・エネミー)》ですけど、クエストくらい受けさせてやってくださいよ」

すると、やっと立ち上がったトリッソが、馴れ馴れしく俺の背中に手を回すと、受付嬢さんに気さくな笑みを向ける。

「いえ、しかし、ティントさんには男娼の才能があります！」

「……え、なんの話だ？」

「クエストの話だよ。ね？　受付嬢さん」

首を捻るトリッソにこれ以上いじり要素を与えないため、俺は受付嬢さんに睨みを利かせる。

受付嬢さんは残念そうにため息をついてから、真剣な表情に戻る。

「……ともかく、ティントさんのレベルでは、ソロでクエストを受けさせるわけにはいかないんです」

「ああ、大丈夫っすよ。俺も一緒に行きますから！」

すると、トリッソが明るい口調で言った。初見の人間が見れば、トリッソが優しい奴に見えるだろう。

もちろんそんなわけがない。どうせ俺がゴブリンにボコボコにされたっていう話のネタを作りたいだけだろう。

「……わかりました。それではクエストのほうを受理させていただきます」

どこか残念そうな受付嬢さんが、クエスト用紙に判を押し、二つに破いた。

するとその用紙が俺とトリッソのほうにパタパタと飛んでくる。

俺は決して中身が見られないよう気をつけながら、『祝福の書』を取り出すと、クエスト用紙が『祝福の書』にぺたりとくっついて、ページの一部になった。これにて、クエスト受注完了だ。

……ムカつくが、トリッソのおかげでクエストを受けられたのは事実。

「とりあえず、助かったよ。だけど、ついてくるなよ」

俺がそう言うと、トリッソは肩を竦める。

「当たり前だろ。さすがに元同僚が、ゴブリンみたいな雑魚にぶっ殺されるのを目撃すんのは気分悪いしなぁ」

「……そうか」

いや、こいつの性格の悪さから考えると、本当は見たくて見たくてたまらないはずだ。

実際のところ、怖いんだろう。こいつは非力で、サヴァンにとどめを刺してもらわないと魔物一匹まともに倒せない。一人だったら、ゴブリンすら倒せないんじゃないか。

一つくらい嫌味でも言ってやろうかと思ったが、エステル様の前なのでぐっと我慢する。

「それでは……テル、行こっか」

まさか人前でエステル様と呼ぶわけにもいかないので、テル呼びかつタメ口をお許しいただいてる。しかし、それにしたって不敬が過ぎる。

俺は恐る恐るエステル様を窺う。未だじっと俺の股間を凝視していたエステル様は、はっとなって頷いた……と思ったら、俺の股間にちらりと視線を戻した。

……もしかしたら、男娼になってたほうがよかったのかな。

※

ゴブリン大量発生とあって、ゴブリンの森には初心者冒険者たちがそれなりにいた。彼らの目に触れないよう奥に奥に行くと、人気はなくなり、俺たちは沈黙に包まれた。

……本来、女神様とこうやって並んで歩かせていただいているだけで、とてつもなく名誉なことだ。

だから、女神様に話しかけたいなんて、たかが人間が思ってはいけない。

「…………」

しかし、エステル様がこの沈黙を気まずく思っているのなら、話は別だ。

目を右往左往、時々「あっ」とごくごく小さい声で言って、結局何も言わず、口をモゴモゴさせ、ボロローブをぎゅっとし、うつむく。

これを何度も繰り返しているんだから、これ以上黙っているわけにはいかない。

「い、いやあ、それにしても、凄いですよね、ゴブリンの森って。これも、エステル様のおかげなんですよね！」

「……えっ」

エステル様が首を傾げるので、慌てて付け加える。

「その、エステル様が張られているんですよね、魔物避けの結界。そのおかげで、リギアの周りには弱い魔物しかいないらしいじゃないですか！」

数百年前、エステル様は、この大陸の主要都市に、魔物避けの結界を張った。それから数百年、主要都市が魔物の侵入を許したことは、一度たりともない、らしい。

それだけ強力な魔物避けの結界は、主要都市の周りにも影響を与えた。

なんでも、強い魔物ほど魔物避けの結界を不快に感じるらしく、そのおかげで、主要都市からの距離と、そこに生息する魔物の強さは比例するらしい。

よって、冒険者都市リギアの近くにあるこのゴブリンの森は、かなり暮らしやすい環境にもかかわらず、その名の通りゴブリンと、それに類するFランク程度の弱い魔物しかいないのだ。

おかげで、低レベルの冒険者でも、ゴブリンの森で比較的安全にレベルやお金を稼ぐことができる。

……と言っても、レベル0だった頃の俺には、ソロでは普通に危険な場所ではあるんだけど。

「……あっ、そうそう、そうなんです！　その、魔族の侵略が続いて、このままじゃ人類が滅んでしまうと思ってて っ」

「そっ、そうだったんですね！　感謝いたします、エステル様のおかげで、今の安全な生活があるんですね！」

「あっ、いえいえ、全然感謝されるようなことではないです。仕事ですので……この結界のシステムがかなり厄介で、なかなか目が離せないんです。で、作った私の責任ってことで、管理の全権を託されちゃって……思えば、あの日から今日まで、満足に寝た記憶がありません」

「そっ、そうなんですね」

「…………はは」

「…………」

ああ！　むしろ女神様の気分を盛り下げてしまった！

……頼む、ゴブリンでも、この際ドラゴンでもなんでもいいから、なんか出てきてくれ！

なんなら俺を殺してくれたって構わない！　女神様に気まずい空気を味わわせてしまっている
なんて、罪作りにもほどがある！

「ぎょっ！」

その時、茂みの中からゴソゴソ顔を出したゴブリンが、俺たちを発見して奇妙な声をあげた。

俺は思わず醜悪なゴブリンを抱きしめそうになったが、エステル様の「うわっ、竿役っ」と
いう、妙な悲鳴に正気を取り戻す。

「エステル様、どうかお下がりください……もちろんエステル様がゴブリンなどに後れを取る
ようなことはないかと思いますが、一応俺に守らせていただければ光栄です」

「あっ、はい……なんか、レ…プフラグみたい」

俺の言葉に、エステル様が何か呟く。聞き返そうかとも思ったが、ゴブリンが待ってくれな
い。ゴブリンはガサゴソ茂みから出てきて、手に持った石斧をブンブン振り回しこちらに向
かってくる……冒険者が落とした武器を、自分のものにしているタイプか……厄介だな。

「……えっ」

すると、エステル様が声を上げる。魔物が武器を扱っているのに驚いたんだろう。

「ちょっ、待ってください……！？！？！？」

いや、それにしては様子がおかしい。振り返る。

エステル様は、震える指で、ゴブリンの下半身を指差していた。

「なんでオチ○ポ丸出しなんですか！？！？！？！？」

「……エッ、エステル様!?　オチ○ポはおやめください!?」

　下品な言葉を聞かせてしまっただけでも駄目なのに、それどころか、エステル様の可憐な口から、オチ○ポが出たことに愕然とする。受付嬢さんに悪影響を受けたに違いない。やっぱりギルドに入っていただくべきじゃなかった！

「……た、確かに下半身は露出していますが、魔物ですので、それが普通のことかと思います」

　魔物の肩を持つようでなんだけど、魔物は基本全裸なので、当然性器を露出している場合がほとんどだ。まぁ、五、六歳のころはそんなので盛り上がったりしたけど、今はなんとも思わない。

「こっ、これが普通!?　竿役がチ○ポコ丸出しって、魔物開発部は何を考えているんですかぁ!?　エロ同人でもこんなエグくないですよ!?」

「エステル様!?　チ○ポコはなんかより下品です！　せめてオをおつけください！」

　エステル様は俺の注意などそっちのけで、涙目で俺を見る。

「おかっ、犯される……助けて、ティントさまぁ……」

「…………しょ、承知いたしました」

　魔物が人間を犯すなんて聞いたことないけど、エステル様がこれだけ怖がられているのなら、今すぐにでもゴブリンを始末すべきだ。

俺はゴブリンに向き直る。ほっとかれてぽかんとしていたゴブリンは、やっとかと俺めがけ駆け出した。

「ごぎょっ！」

ゴブリンは飛び跳ねて、石斧を俺の脳天めがけて振り下ろす……あれ、ゴブリンの動きって、こんなに遅かったっけ。

俺は余裕を持って避けると、石斧は深く地面に突き刺さった。ゴブリンは石斧を必死に引き抜こうとしているが、なかなか引き抜けない。ものすごく無防備だ。

絶好の攻撃のチャンスだ……ナイフ攻撃してもいいけど、さっきの包丁のトラウマがある。長年使ってきたナイフがあんな風になっちゃったら、三週間は引きずっちゃいそうだ。

ゴブリンくらいなら、素手で倒す冒険者もいる。感覚的にも一番素手が信用できるし、ここは素手で行こう。

俺は拳を解いて手刀を作る。そして、先ほどの包丁に対する力の入れようを思い出し、それよりも軽い力で、手刀をゴブリンに振り下ろした。イメージとしては、脳天チョップを食らわせて、ゴブリンの小さな脳みそを揺らしてやろう、くらいのものだ。

スパンっ。

すると、何かが切れるような軽妙な音がした。

ゴブリンの動きがピタリと止まり、しばらくの間静寂が流れた。そして、ずるりと音がして、真っ二つになったゴブリンの片面がズルズル滑り落ち、ぼとんと倒れた。

真っ二つになった腹からドボドボと内臓がこぼれ落ち、強烈なにおいが辺りに漂った。

三年間冒険者をやった俺でも、悲鳴をあげそうになるくらいグロテクスな光景。当然、高貴な存在であるエステル様に見せるべきものではない。

「……うおぇっ」

エステル様は嗚咽を漏らすと、口元を押さえ真っ青な顔でうずくまった。

「もっ、申し訳ありません！！！　加減を間違えました！！！」

俺は慌てて駆け寄ってエステル様の背中をさすった……あ、やば、手刀したほうで撫でてしまった。

おっかなびっくり背中を拝見すると、人間でも忌避する穢れまみれのゴブリンの血肉が、べっとりとついている。ああ、何をやってるんだ俺は!?　不敬にもほどがある!!

今すぐ陳謝し腹でも切るべきか……いや、これを知ったら、エステル様はこのまま吐いてしまうかもしれない。

女神であるエステル様が……ゲロ、を吐かれるなんて、絶対にあってはいけないことだ。それだけは何があっても避けないといけない。

俺は「だっ、大丈夫っ、ですかっ」と悟られないように綺麗なほうの手で血肉を拭ったが、ゴブリンの粘着質の血肉はなかなか取れない。

ていうか、全身凶器の俺がエステル様に触れているのがまずい。どうしよう。

「「「ごぎょぎょっ」」」

すると、複数の鳴き声が草むらから聞こえた。

草むらから姿を現したのは、三匹のゴブリンだった。ああもう、こんな状況で、運が悪い
……と運のせいにするのは無理があるか。

冒険者をやっていると、こういうことは良くある。倒した魔物の血のにおいに誘われて、魔物が寄ってくるのだ。

もちろん、三匹のゴブリン全員全裸だ。大小様々な性器を見たエステル様が、「……ひゅえっ」と悲鳴を挙げて、ふらりと体の力が抜けた。

俺は慌ててエステル様の肩を支えた。エステル様は、目をぐるぐるさせながら呟く。

「オチ〇ポコ、オチ〇ポコがいっぱい……」

「……エステル様、オをつけてもやっぱりよろしくないです。どうか言うなら性器と言ってください……もちろん言わないのが一番ですが」

「次、次こそ犯されるぅ……」

エステル様はガチガチと歯を鳴らし、瞳からポロポロと大粒の涙を流される……今後、俺がクエストに行く時は、エステル様にはお家で待っていただくことにしよう。

俺は「エステル様、大丈夫です！　すぐに俺が倒しますから！」と言いながらエステル様を近くの木にもたれかからせる。そして、三匹のゴブリンたちと相対した。

今度は三匹もいるから、万が一にもエステル様に近づけないよう気をつけなくてはいけない。

また、倒し方にも工夫が必要だ。グロ耐性のないエステル様でも、なんとか見てられる程度

の死体にしなくちゃいけない。

ゴブリンのうち一匹が、「ぎょっ！」と俺に飛びかかってくる。俺は中指を曲げて、親指の腹で中指の先を押さえつけた。いわゆるデコピンというやつだ。子供の罰ゲームくらいにしか使われないこの攻撃手段なら、威力を抑えられるはずだ。

エステル様の悲鳴が後ろから聞こえる。これ以上の失敗は許されない……と考えたら、ぷるぷる緊張に手が震え出した。落ち着け、落ち着け……。

「喰らえっあっミスったっ」

俺のデコピンがゴブリンのデコに炸裂、したかと思ったら、ゴブリンの頭が、高いところから落とされた瓜のように、パンと弾け飛んでしまった。首なしゴブリンが、どちゃっと地面に落ちる。

「うぇぇ……」

エステル様の嗚咽が聞こえる……よかった、まだ吐いてない。でも、次こそ失敗は許されないぞ。

「ぐぐぎっ！」

二匹目のゴブリンが、敵討ちにやってくる。俺は深呼吸をして、脱力してからピンとデコピンでゴブリンを弾いた。

今度の感触はそれなりに良かった。実際にゴブリンの頭は潰れず、勢い良く吹き飛んで……地面から生える岩にぶつかり、ぐちゃっと潰れる。うわ、下手に原型が残っている分こっちのほうがグロい。

「ウエエエエエ！！！！！」

ああ、エステル様が吐いてしまった……と思ったら、良かった、からえずきだった。いや、よくはないか。女神様がからえずきってのは絶対よくない。

……それはそうと、徐々に調節が効き出している。この感じでいくと、次はいけるはずだ。

俺は硬直している三匹目のゴブリンと距離を詰めると、脳天にデコピンを食らわせた。

「くきょ!?」

オレのデコピンを食らったゴブリンふらふらっとよろめき、バタンと仰向けに倒れた。

ちょっと頭が凹んでいるが、見るに耐えないほどではない。

よし、これで完全に感覚を掴んだ。今後、力の調節をミスらない自信がある。我ながら早いな。……そうか、〝力〟のステータスが上がっているだけじゃない。〝器用さ〟のステータスも上がっているから、何かと習得が早くなっているんだ。

ならば、エステル様の体調も考え、今日は帰ったほうが良いかな。

「エステル様、今日はもう終わりに……あっ」

「……え、何これ」

エステル様はというと、自分がもたれかかっていた大木を見ていた。

そこには、べっとりと血の跡がついている。エステル様は、恐る恐る自分の背中に手を伸ばし、血に触れると悲鳴をあげる。そして、ゆっくりゆっくり、赤黒くなった手のひらを見た。

「……ぎゃあっ！？！？！？」

エステル様の顔が一気に劇画調になり、飛び上がって驚いた。

ああ、終わった。怒り狂ったエステル様は、俺に天罰を下すことだろう。

「えっ、何これ、血!?　嘘、私、死ぬの!?」

「……あっ、そっちですか!?」

人間味のある女神様だとは思っていたが、出血して死ぬところまで人間と一緒なのか……ならばなおさら、エステル様にはお帰りいただいたほうがいいぞ。

俺はジタバタと地面をのたうちまわるエステル様のもとに駆け寄る。

「しっ、死にたくないっ!!　男性経験一切ないまま死にたくないっ!!」

「エッ、エステル様!!　落ち着いてください!!」

とんでもないことを口走るエステル様を落ち着かせるべく、俺は跪いていてエステル様に呼びかける。

「エステル様、その血はエステル様から出たものではありません!!　それはゴブリンの血です！　女神であるエステル様からそんなドス黒い下賤な血が出るわけありませんし!!」

「出ますよ!!　健康診断の値死ぬほど悪いんですから!!　今日まで生きてこられたのが奇跡なくらいです！！！」

エステル様は必死の形相で訴えかけると、仰向けになったまま「ああ、神様、どうか私をお救いください」と祈り始めた。

自分が女神様なのに、神様に祈りを捧げるのか……エステル様を信奉する身として、あまり見たくない光景だ。

ともかく、なんとかエステル様の気をそらさないといけない。俺は立ち上がって、頭の凹んだゴブリンの死体を掴み、エステル様に差し出す。

「ほら、エステル様、こちら見てください！　力の調節ができるようになりました!!　もう完全に感覚つかみましたので、今日は帰りましょう！」

エステル様はビクッと肩を揺らして、ゴブリンの股間に視線をやった。

……そうか、グチャってない分、しっかりと性器が残っているんだ。

エステル様はゴブリンの性器を死んだ魚の眼で見ると、フッと自嘲気味に笑った。

「……まともに見たお性器が緑色のまま、死んでいくなんて……」

「……エステル様、俺は〝ポ〟が原因かと思っていたのですが、実は〝オ〟のほうが曲者かもしれません。どうか〝オ〟もなしでお願いできないでしょうか？」

「……もう、難しいです」

確かに言葉って難しいよなぁ。いや、そんなこと言っている場合じゃない。

「……ティント様、私が死ぬ前に、一つだけ、私のお願いを聞いてはいただけないでしょうか？」

「いえ、エステル様、エステル様は決して死にません」

「先ほども言った通り、私、男性経験が一切なくて、生で男性の裸を見たこともないんです」

「……女神として、素晴らしいことかと思います」

「女神として素晴らしくっても女としては駄目でしょう！」

エステル様は悲痛な叫び声をあげる。そして、木々の隙間から見える青空を見上げ、ポツリと呟いた。

「……死ぬ前に一度、女として花開きたいんです」

「………………」

物凄く嫌な予感がした。いや、まさか、女神様がそんなこと、言うわけがないよな。

「なので、もしよかったら、ティント様のオチ○ポを見せてはいただけないでしょうか」

「エステル様、何を言ってるんですか！？！？！？」

はっきりと言った！　女神として絶対に言ってはいけないことはっきりと言った！

「……エ、エステル様、どうか落ち着いてください。エステル様は死にませんし、オチ○ポも絶対に見ません」

女神様の前で性器をさらけ出すなんて、それだけは何があってもできない。

そんなもん、死んだあと地獄に落ちるのは当然として、地獄の悪人どもでも「流石にそれはないわ……」とドン引きされて、孤独な地獄生活を送ることになってしまう。

すると、しくしくとエステル様が泣き出した……え、泣き出した!?

「ひどい……人が死にそうなのに、オチ○ポも見せてくれないなんて……」

「……エステル様、普通、人が死にそうな時、オチ○ポはしまっておくものなんです。それとエステル様は死にません」

俺が言い聞かせると、エステル様は拗ねたようにプイッとそっぽを向いた。

「……こんなこと、言うべきじゃないかもしれませんが……経験値も、あげましたし」

「えぇ……」

いや、もちろん感謝はしているけど、でも、俺に経験値を与えたのは、あくまで謝罪のためだったんじゃなかったのか？　オチ○ポを見るためだったんなら、今からでも返還したいんだけれども。

どうしたもんかと黙り込んでいると、エステル様が何やらスカートをゴソゴソし始めた。取り出したのは、先ほど神性をなくした時に使った板状の金属だ。

「へいしり、神性をオンにして」

『ハイ』

すると、エステル様が一気に神々しくなった。俺は踵を返して逃げようとしたが、時すでに遅し。

「ティントよ、女神エステルが命じます。どうかオチ○ポを見せてください！」

「……っ！？！？！？」

その瞬間、落雷に打たれたかのように身体が痺れ、俺の意思とは別に、俺の手がベルトに向かう。滑らかな手つきでベルトをとると、ウエスト大きめのズボンはそれだけで滑り落ちて、俺は下着一丁になってしまった。

……なんだ、これ、エステル様に本気で命令されたら、ここまで従順になっちゃうのか……いや、女神様に従順になること自体は別に構わないし、命令がなくてもそうするつもりだけど、何せその内容が酷すぎる！

「……え、エステル様、駄目です……」

必死に抵抗したが、俺の手は止まらない。ヨレヨレの下着に手がかかる。ああ、エステル様以外に神様がいるのなら、どうか私をお助けください！

普段エステル様をないがしろにしているような方々が、俺の願いを聞くはずがなかった。

パンツは投げ捨てられ、俺はエステル様の目の前で、下半身を露出した。

エステル様が、俺の股間をじっと凝視する。ああ、女神様に自分の性器を見せつけるなんて、なんだこの不敬。最低だ、脳みそが破壊されてしまう……。

「……え、何それ」

するとエステル様が、震える声でこう言った。そして、恐怖に顔を引きつらせ、ズサズサと後ずさりする。

……え、なんだその反応。それじゃあ、まるで俺が、無理やり女性にお性器を見せつける変態のようだ。ご希望通りに見せたんだから、せめて喜んでいただきたいんだけど。

エステル様は、まるでゾンビの幽霊でも見たかのように、信じられないと目を剥き、プルプル震える手で俺の股間を指差す。

「うっ、ぅそですよねそれっ!?」

「……え、嘘とは？」

「だって、デカすぎませんか！？！？」

「うっ」

それ、言われたくなかったのに……サヴァン団の男たちと水浴びをしている時、トリッソに「俺の顔くらいあるじゃねぇか！」とからかわれ、それを聞いたレオノーレにドン引きされて以来、結構なコンプレックスなんだ。

「……こ、これが普通かと思います」

「ふ、普通!? それが普通なんですか!? だっ、だってそんなの、絶対に入らないですよ！」

「……エステル様!? 入るとかそういうこと言っちゃ駄目です!!」

入るって、そんなのもう完全に性行為を意識しているってことだ！ 女神様なのに不埒すぎる！

「え、だって、通常時でそれってことは、だいたい二倍になると考えて……」

エステル様は両手で、俺のものが二倍になっただろう長さを示すと、それを自分の鼠蹊部から下腹部のところにあてがった……！？！？

「エステル様！！！ 駄目！！！」

あてがうのはより駄目!! 自分に入る想定は絶対に駄目だ！！！

俺はエステル様がこれ以上性的な行為を示唆するのを止めるため、「エステル様、今エステル様はおかしくなっております。一度落ち着いて、家に帰りましょう」と一歩前に出る。

すると、エステル様は焦点の合わない目で俺の股間を見上げ、「……こっ、こんなの、絶対無理だよぉ……うう、オチ○ポ怖い……」というと、ふらりと仰向けに倒れた。

エステル様のお顔を覗き込む。エステル様は白目を剝き、口の端にぶくぶく泡を立てている……どうやら、気絶なされたようだ。

……え、俺、女神様を自分の性器で気絶させちゃったのか？

不敬にもほどがある。けど、今回ばかりは反省しなくてもいいんじゃないか、と思いながら、俺は下着を穿いた。

※

俺のクエスト報告を見た受付嬢さんは、目をまん丸にして驚いた。

「ティントさん、凄いです！　ゴブリンを五十四も討伐するなんて！　お手柄ですね！」

「ははは……」

受付嬢さんが眼鏡をクイっとあげて興奮気味なのに対し、俺は苦笑いで返す。

そう、エステル様が気絶してから、また血のにおいに引き寄せられ集まってくるゴブリンたちを討伐しているうちに、死体の数は五十ほどになってしまっていた。

そのゴブリンの素材の中では高価なほうの爪を剝ぎ取ったり、冒険者から奪ったであろう貴金属など、かさばらないものも持って帰ってきた。討伐報酬＋素材報酬で、しばらくの間困らない程度のお金にはなりそうだ。

けど、それだけの報酬を俺が得ることに、驚きを覚えない冒険者はいないだろう。実際、俺の周りを取り囲む冒険者たちからも、おぉっと驚きの声が上がる。

討伐数を誤魔化す、というのは、実は無理な話だ。祝福の書にぺたりと張り付いたクエスト用紙に、討伐数：５０としっかり刻まれてしまっているからだ。

本来だったらめちゃくちゃ便利な機能なんだけど、今回ばっかりは邪魔になってしまったな。

そうは言ってもゴブリンなので、俺が世界最高レベルになっていることまでは絶対バレないだろうけど、それでも一応言い訳を考えておいたほうがいい。

「これで、男娼になった時のエピソードトークには困りませんね！」

「…………」

人が悩んでいる時に……いい加減下ネタにも疲れてきたし。何か反応を返すのも怠いので、無言を貫く。

すると流石に受付嬢さんもまずいと感じたのか、「あ、そういえば、お連れの方はどうしたんですか？」と話題を変えてきた。

「……別行動です」

まさか、俺の性器を見た結果気絶したので、自宅で横になっています、なんて言えっこない。

一応鍵は閉めてきたが、それでも一人にしてしまったのは良くなかったかもしれない……決して自分の股間を化け物扱いされたから、信仰心が薄れたとかそういうわけではない。

エステル様は神性をオンにしたまま気絶なされた。気絶した分威圧感は減ったものの、それでもエステル様が神と気づくくらいには神々しかった。

そんなエステル様を背負いながら行動するのは、とんでもなく危険だ。

人気のない裏道を、ステータスを生かした高速ダッシュで抜けて、なんとか自宅にたどり着き、ベッドに寝かせ、上から毛布をかけて神性を抑えてきたのだ……神性って結構簡単に抑えられるんだな。

俺は咳払いをして、口を開いた。

「ともかく、俺一人でもゴブリンを倒すことができることが証明できたはずです。なので、今後もクエストを受けさせてもらえますか？」

「……えっ、ソロプレイされたんですか？」

「あ、はい、そうで」

「いいや、騙されないでください。受付嬢さん」

俺が頷く前に、後ろから幼い声がした。

……できることなら、こいつが来る前に、話を終わらせたかったんだけどな。

「基本俺が倒したんすよ。ティントはそれを見てただけ、なので報酬は全部俺のもんです」

トリッソが顔の割に大きな耳をほじりながら、不機嫌そうにそう言い放つ。

「……嘘をつくなよ、トリッソ」

「ああ？　どこが嘘なんだよ。レベル０のお前が、五十匹もゴブリンを倒せるわけねぇだろうが」

「……崖の下で戦っていたら、たまたま落石があって、それで一気に倒せたんだよ」

即興の言い訳にしてはそれなりに筋が通っていると思う。トリッソも納得したのか、フンと鼻を鳴らす。

「それじゃあお前の実力じゃないってわけだ。だったら俺に横取りされたって仕方ねぇよなぁ」

「いや、横取りって自分で言っちゃってるじゃん」

俺がツッコむと、クスクスと笑いが起きた。トリッソがムッと顔をしかめる。

「……俺が参加してようがしてなかろうが、ゴブリン討伐のクエストは俺のおかげで受けられたんだ。だったら報酬は俺のもんで当然だろ？」

「……はぁ」

トリッソは俺のことを完全に下に見ているから、このままやられっぱなしで引き下がったりしないだろう。

今頃エステル様が起きているかもしれない。一刻も早く帰りたいし、トリッソの意見も正直一理ある。

「……それじゃあ、俺とお前で、報酬を半分こだ、それで良いだろ？」

「いいや、嫌だね。お前みたいな《神敵（ゴッド・エネミー）》が冒険者で稼げちまったら、女神様が泣いちまうよ。だから、全部俺のもんだ」

……こいつ。

「……お前、自分一人じゃろくにゴブリン一匹倒せないからって、やっかみはやめてくれよ」

思わず嫌味が口をつくと、今度はドッと笑いが起こった。これはまずい。

「……へぇ、言ってくれるねぇ？」

トリッソは広いおでこに青い血管を浮かせて、張り付けたような笑みを浮かべ言った。

「よし、それじゃあこれでどうだ？　俺とお前で勝負して、勝ったほうが報酬を総取りってのは」

トリッソの発言に、盛り上がる冒険者たち。めんどくさいことになってきたなぁ。

「……勝負って、一体何をするつもりだよ」

「うーん、そうだなぁ。本当は『決闘』でボコボコにしてやりたいけど、今ここでできるってなると……投げナイフなんてどうだ？」

「……投げナイフ」

トリッソの言う投げナイフとは、円状の的に、一定の距離からナイフを投げて得点を競う競技のこと。トリッソは〝器用さ〟が活きる投げナイフが得意で、こいつの自慢の一つでもある。しっかり自分が有利な競技を提示してくるところが、なんともトリッソらしいな。

「なんだ？　怖いのか？　ゴブリンを五十匹倒した英雄様なら、もちろん逃げねぇよな？」

「……はぁ」

わかりやすい挑発に辟易する。

本来だったら、断るところだけど、ゴブリンを五十匹倒して、今のステータスに慣れ切った俺なら、余裕でトリッソにも勝つことができるだろう。

トリッソに半分報酬をやるってのにもムカついてきたところだし、トリッソには少なからず恨みがあるから、ここで晴らしておくのも悪くない。

「……いいよ」

俺が頷くと、冒険者たちがワッと湧いた。トリッソは張り付いた笑顔のまま、目元だけピクピク痙攣させせる。俺がビビって逃げ出すと思っていたんだろうな。

「その代わり、時間がないから、八ラウンドは勘弁してくれ」

「……ああ、良いぜ。それじゃあたったの五投でどうだ？　ビギナーズラックもあり得るぜ？」

「ああ、それで頼む」

ビギナーズラックがあり得るってのは、こちらとしてはありがたい話だ。

「よし、それじゃあ決まりだ！　さあさあ、張った張った！」

トリッソが怒鳴ると、冒険者たちは一斉にトリッソにお金を賭けるため、受付に殺到した。

投げナイフで冒険者が勝負する時、その勝敗を予想して金を賭ける、通称〝投げ銭〟は、この冒険者ギルドの名物の一つだ。

もちろん、俺に張るやつは一人もいない。きっと俺側の倍率は、とんでもない数値になるんじゃないだろうか。

俺は受付嬢さんに耳打ちする。

「……受付嬢さん。もしよかったら、俺に賭けてください」

「え？　……わ、わかりました」

今まで唯一優しくしてくれた受付嬢さんには、得してほしい……この程度の匂わせなら、バレやしないだろうし、この賭けで稼いだお金で、女性用風俗にでも行ってもらおう。

しかし、投げナイフか……いまいちルールがわかってない。確か当てるところによって、点が二倍になったり三倍になったりするんだっけ？

そうなると、かなりややこしくなりそうだ。俺、計算苦手だからなぁ……万が一計算ミスとかで負けて一文無しになったら最悪だけど、かといって全投ど真ん中じゃあ流石にまずい。

ならばここは、あまり目立たず、かつ安パイに勝ちに行こう。といっても違和感は避けられないけど、まあ所詮は投げナイフだし、それこそビギナーズラックで片付くことだろう。

※

「クソッ、クソッ」

俺は一気にエールを煽る。酒の強さは、俺の数少ない自慢のうちの一つだが、今日ばっかりはそれが憎くてたまらない。

冒険者連中の失望と怒りに満ちた瞳が脳裏にちらつく。くそ、なんで俺があんな目で見られなくっちゃいけないんだよ！　俺は多様性の庭（ダイバーシティ・ガーデン）の団員になる男だぞ！　底辺冒険者なら敬うべきだろ！

「クソがっ、なんであんなやつに！」

何よりムカつくのが、あの《神敵（ゴッド・エネミー）》ティントに、この俺が負けちまったっていう、ゴブリンのゲロみたいな現実だ。

ティントのやつ、サヴァン団にいた頃は、投げナイフはもちろん、模擬戦でも一度たりとも俺に勝ったことなかったくせに、なんでこんな時に限って勝ちやがるんだ！　冒険者連中の前で負けちまったから、これからあいつをネタにして笑い取れなくなっちまったじゃんかよ！

……いや、それだけならまだいい。問題なのは、きっと俺たちの投げナイフを見た冒険者連中は、俺がレベル０に負けたことを面白おかしく他の冒険者に話すだろうってことだ。

明日には、ほとんどの冒険者連中が、俺の屈辱的な敗北を知ることになる……マジでゲロだ！

「……なぁ、何怒ってるんだよぉ」

投げナイフで負けた俺の周りから、冒険者連中がいなくなってなお、残ったのは二人。どっちもハーフリングだから、結局のところ信用できるのは同族だ。

「怒って当然だろ！　あんなカスに報酬を横取りされちまったんだからよ！」

「やや、実際トリッソ、オラたちといただろぉ……ていうか、ティントのこと見下してたけど、すごいよ、あいつ」

「はぁ!?　どこがだよ!?」

オレが睨み付けると、ハーフリングのくせに肥満気味の男、トンボが、二重顎を撫でながら言う。

「だって、レベル０なのに、ゴブリン五十四も倒したんだろぉ？　それってすごいってか、実際レベル０のオラたちには無理だったじゃんかぁ？　で、故郷を追われちったわけだし」

「……どうやら栄養が全部腹に行ってるらしいな。あいつは落石を利用したんだよ。あいつの独力じゃないんだ」

「それでもすごいだろぉ。非力なハーフリングでも、そうやって頭を使えば、ゴブリンに勝てるってことだぁ。国に帰ったら教えてやろうかなぁ」

「……勝手にしろ」

そんなこと皆当たり前に知っていて、それでもゴブリンにやられたんだ。でも、いい加減ムカついてきたので、話を切る。

「……なあ、ひとまず、ティントがレベル０って本当なのかよ」

すると、もう一人のハーフリング、ニカンドがこんなことを言い出した。

「それはそうだよぉ。ティントはレベル０から、三年間もレベルが上がってないって有名じゃないかぁ」

「間違いない。一体どうやったらあんなに女神様に嫌われるんだろうな……あのでっけぇち○こで、エステル様に不埒なことでもしたんじゃねぇか？」

俺がそう言うと、トンボが大爆笑する。そんな俺たちを、ニカンドは呆れた視線を俺たちに送る。

「……お前ら、気づかなかったのか。あいつの投擲、異常だったろ」

「異常？」

トンボが首を捻る。

「トリッソが16のダブルに入れたら、ティントは18のダブル。トリッソが19のシングルに入れたらティントは20のシングル……トリッソがブルに入れたらティントもブル。毎回トリッソのポイントを確実に上回るよう投擲をしてたんだよ」

「えぇ！？！？」

トンボが驚きの声を上げると、ぽよんと腹が揺れる。こいつ、いい加減マジでダイエットしたほうがいいな。

「でも、ティントはレベル0で、〝器用さ〟のステータスとかすっごく低くて役立たずだって、いつもトリッソが話してるよ？　〝器用さ〟が低いのに、そんなことできるかな？」

「だから、それが間違っているじゃないのかって言ってんの。なあ、どうなんだよ、トリッソ」

俺は肩を竦める。もちろんそれには気づいていた。が、そんなもんは偶然だ。

「ないない。よくあいつの『祝福の書』を見たけど、毎回腹を抱えて笑わせてもらってたんだぜ？　俺から言わせれば、あいつがこの国一のコメディアンだよ」

「……そうか」

ニカンドは納得がいってないようだ。確かにあいつの投擲は神がかっていたし、疑いたくなる気持ちもわかる。

だが、俺はティントが正真正銘のレベル0であることを、身にしみて知っている。

特にあいつの不器用さなんてひどいもんで、毎日のようにイライラさせられてたんだ。あれを演技でやってたなら、冒険者よりもコメディアンよりも、俳優のほうがよっぽど向いている。

今回の敗北は、パーティを追放されたティントをあまりに哀れに思ったエステル様が、最後の最後に同情して勝利をくれてやったんだろう。

だとしたら、他の日にしてくれりゃ良かったのに。タイミングの悪い神様だこと。

……まあ、俺がエステル様に期待しても無駄か。ティントほどじゃないが、俺だって女神様には冷遇されてんだ。

主要都市に魔物避けの結界を張ったはいいが、俺の村みたいなど田舎は完全無視。

魔物避けの結界のおかげで、田舎も強い魔物に襲われにくくなったなんて言うが、俺らみたいな非力なハーフリングの集う村は、ゴブリンに襲われるだけでも命取りなんだ。

だいたい、この冒険者ってシステムもろくなもんじゃやねぇ。

冒険者になれたおかげで、オレらみたいなハーフリングでも魔物と戦えるってのは確かだ。

だけど、ほかの種族との格差が縮まったわけじゃない。

オレたちが苦労してレベルを1上げたところで、〝力〟のステータスは2、3上がればいいほう。対してドワーフの連中は、レベルを1あげただけで〝力〟のステータスが10上がったりする奴もいる。つまり、俺たちがどんだけ努力したとこで、ドワーフに腕相撲で勝つ日なんて来ない。

冒険者システムは、むしろ強者と弱者の差を広げただけだ。結局人種戦争の時だって、ハーフリングはドワーフに媚び売ったりヒューマンに媚び売ったりで、なんとか生き残ってただけだしな。これからも俺たちは他種族に舐められ続け、自分たちに誇りも持てず生きてくことだろうさ……。

……ヤベェ、ティントのせいで、ついつい女神様相手に愚痴を吐いちまった。これが女神様に聞かれてたらまずい。俺だけ多様性の庭（ダイバーシティ・ガーデン）への入団取り消し、なんてならないだろうな。

……ま、今頃、お空の上でさぞかし贅沢な生活してんだろうから、ちっぽけな人間の中でもちっぽけな俺のことなんて気にしちゃいないか。

※

「ハグッ、ハグハグッ、ブマグッ！」

ものすごい勢いでご飯をかきこむエステル様。

俺みたいな貧民でも入店を断られない店の中で、一番高い料理店にしたので、周りの客もそれなりの身なりの人たちだ。

落ち着いた雰囲気をぶち壊す咀嚼音の主に向けられる彼らの視線は、侮蔑の目で見られることに慣れた俺でも結構キツイ。しかし、女神様に食べ方の注意なんてできるはずもない……仕方がないので、苦笑いでエステル様を見守る。

エステル様は、リスでもドン引きってくらい頬をパンパンにして、涙目で俺を見た。

「ティント様、こんなに美味しいご飯を食べさせていただいてありがとうございます！」

実際は、「もごっ、もごもごもごもごもごもごもごもごもごもぎもごもごっ！」としか聞こえてないけど、なんとなくこう言っているのがわかった。レベルが上がると聞き取り能力も上がるのだろうか？

「ああ、いえいえいえ……」

どうやら美味しい料理のおかげで、俺の性器を見て気絶してしまったことは、ひとまず頭の隅にいってくれたようだ。

目覚められた時なんか、「強制的にオチ○ポを見てしまい誠に申し訳ありませんでした！」って土下座しっぱなしだったからなぁ……にしても、すごい謝罪内容だな。多分こんな謝罪を受けるのは最初で最後だろうし、そうであってほしい。

とりあえず、このまま満足いくまで食べていただいて、その上ぐっすり眠っていただき、今日のことは完全に忘れていただきたい。

そのあとは、ゴブリンの血肉のついたローブを洗って完全に証拠を隠滅……いや、せっかくお金が入ったんだし、新品を新調してもいいかもしれない。やっぱりエステル様にはいいものを身につけていただきたいしなぁ……。

「ティント様、その、お酒のほうも飲んでも大丈夫ですか？」

その時、エステル様がこんなことを言い出した。机いっぱいにからの皿が並んでいる上、このレベルの店のお酒も頼むとなれば、今日稼いだお金、全部すっからかんになっちゃうんじゃないか……。

でも、お酒が入れば、より今日のことを忘れやすくなるだろう。

それに俺も、初めてに近いくらいまともに冒険者をやれて、その上トリッソへの恨みも晴らせて気分もいい。ここで上質な酒でも飲めば、周りの視線も気にならなくなるだろう。

「もちろんです。好きなだけ飲んでください！」

「やったーーーー！！！」

エステル様は両手を掲げて喜ぶ。ちょっとはしたないけど、そんなに喜んでくれるのなら、こちらとしても嬉しい。この調子で、俺の性器でエステル様を穢してしまった罪滅ぼしができたら良いな……。

「おえぇぇぇぇぇぇぇぇぇぇぇぇ！！！！」

結果、泥酔したエステル様は、その店の便所で思いっきり嘔吐した。女神様だからゲロがキラキラしているとかそんなこともなく、それはもうしっかりとした本格派のゲロだった。

俺はその背中を撫でながら、もう穢れとかそういうのは気にしなくてもいいかなと思った。

第二章　ティント、無双した上、美少女エルフを今までで一番感じさせる。

前衛のオレ——剣士アイタナの役割は、単純。最前線で魔物と戦い、ぶっ殺すことだ。

同じ前衛のライラとヤンは魔物に致命傷を与えられないし、中衛の長寿種どもは高齢者らしく隠居している。後衛のドワーフ連中に至っては、戦う気があるのかもわかんねぇ連中だ。

……そんな集団じゃ、当然オレがエース。オレが魔物をぶっ殺す。そうあるべきなんだ。

「ぐるぎゃあああああああ！！！」

猿の魔物の頂点、猿神が、甲高い怒りの咆哮をあげ、虹色の体毛を逆立てた。どうやら、オレに右腕を削がれたことが気にくわないらしい。

この間抜けな威嚇、並の冒険者だったら、戦意を喪失し動けなくなるらしい。

だが、子供の頃からこんな奴よりよっぽど怖いパパに、毎日鍛え上げられてきたオレには、大した効果はない。

となると、この咆哮、むしろチャンスだな。他の団員が固まってくれたら、その間、オレ一人でこいつを相手取ることができる。

その時、ざわりと心臓が撫でられる感覚がした。オレのスキル【直感】が発動したんだ。

【直感】……自分に危機が迫ったり、自分より強い相手と対面したとき、特殊な感覚を通じてオレにその危機を知らせるスキル。この感覚は前者。当たり前だがな。

しかし、こんな逃げのスキルをオンにしていること自体がムカつくのに、こんなやつ相手に感じちまうのが、マジで腹立たしい。とっととぶっ殺してやる。

オレは剣を作るときの廃棄で出る、様々な金属を組み合わせ作られた両手剣、『くず鉄』を構えた。

猿神は、オレが切断した腕の切り口から、瞬時に五本の腕を生やした。

そして、五つの拳を一つにまとめて、オレに振り下ろす……馬鹿なやつだ。

お前の強みは変幻自在の攻撃パターンだ。なのに、せっかく五つも拳を作っておきながら、それを一つにまとめてただただ殴りつけるだけの攻撃なんて……これだから魔物は嫌なんだ。

……その五本の腕、全部削いでやったら、ちょっとは冷静になりやがるかな。

オレがくず鉄を振るおうとしたその時、オレの前に、真っ赤な鎧の女が現れる。赤毛の尻尾が、オレの鼻をくすぐった。

尻尾の持ち主、ライラがオレの前に出て、火龍の鱗をびっちりと使った『火龍の盾』を構える。どうやらこいつもオレと同じく、猿神の威嚇が効かなかったようだ。猫人のくせに、妙に度胸がありやがる。パパの血がそうさせてんのか知らねぇが、迷惑な話だ。

「……チッ」

今後の展開に予想がつき、舌打ちする。普通だったら、猫人のライラの力では、猿神の拳は受け止められない。盾と一緒にぺちゃんこになるのがオチだ。そうなってくれたら、邪魔者がいなくなっていいんだが、残念ながら、ライラのやつはまともに受け止めない。

猿神の拳が盾に触れた瞬間、ライラの身体が、ぐにゃりとくの字型に曲がった。

ライラの動きに合わせて、赤の盾が猿神の拳を包み込むように動く。盾に誘導された猿神の拳は、大きく右に逸れた。

猿神はそのまま前のめりにつんのめって、どっかのお笑い劇場みたいに、豪快にずっこける。

とんでもなくスキだらけだが、これでトドメを刺せば、サポートしたってことでライラに経験値も大幅に持ってかれる。ムカつく法則だ。

オレはくず鉄をライラの背中に向けた。

「おいライラ、邪魔すんな！　オレはタイマンでやりたいんだよ！」

「馬鹿言わないの！　こんないかにも竿役丸出しのすけべ顔した猿と、可愛い可愛い妹を二人っきりにできないでしょ！」

ライラがこちらを振り返り、猫の耳をピクピク震わせて、相変わらず意味不明なことを言う。

背中を蹴っ飛ばしてやろうと思ったが、そういうことをするとこいつはなぜか喜びやがる。なんかキモいのでやめた。

転ばされた猿神はというと、一瞬ポカンと目を丸くした。が、すぐさま怒りに顔を真っ赤にして、殺気を振りまき、手をつき立ち上がろうとした。

その時、黒い影が猿神の腕脚にまとわりつくと、鮮血が舞い、猿神の虹色の体毛が赤に染まる。猿神は悲鳴をあげ、再び体勢を崩す。どうやら猿神の威嚇は、心臓のちっさいハーフリングにもろくに効かなかったらしい。

「ヤン！　お前は雑魚狩(シルバーバック)ってろよ！」

オレが黒い影に向かって怒鳴ると、黒い影がピタリと止まった。

黒のロングコートに黒のズボン、そして黒のナイフを両手に持った、身長１００センチメートルほどのハーフリングが、長い前髪の下からオレを見る。

「ふっ、俺様の意志じゃない。俺様の愛すべき魔剣共が、彼を切りきざめと俺に囁いてくるんだ」

「……チッ」

こいつはこいつで、何を言っているかわからない。その小さい体を蹴っ飛ばしてやりたいが、スピードに関しては、ムカつくがハーフリングのヤンに分がある。

「……くきゃあああああああ！！！」

黒い影の正体を見た猿神が、悲鳴に近い叫び声をあげた。あんなチビに好き放題されたのがショックなんだろう。左肩からも腕をにょきにょき生やし、縦横無尽に拳を振り回し始めた。

ヤンはその乱打を躱すと、「……ふん、品性を感じない。俺様の魔剣がそう嘆いている」とバックステップで距離を取る。

これは意味がわかる。要はビビったってことだ。それでいい、どっか行け。

「三人とも、そいつ暴走しとるし、うちの付加魔法も切れそうやから、接近戦は危険や！　攻撃は弓隊に任せて、一旦戻っといて！　付加魔法かけ直したる！」

どうやら、猿神の威嚇は、本格的に役に立たなかったらしい。中衛のダーリヤが、きついエルフ弁なまりで叫ぶ。

ダーリヤの言う通り、体の周りを纏う膜のようなものが、薄くなっている気がする。

つまり、やっとオレ本来の力で戦えるチャンスってことだ。そっちのほうが経験値が入りやすいし、何よりダーリヤに助けられてるっていうのが気にくわねぇんだ。

しかしライラのやつは、「ほらアイタナ、行くわよ」と、オレの腕を引いて中衛に戻らせようとした。

……ふざけるな。『猿神の神殿』に来て、まだ一度も満足のいく戦いができてねぇんだぞ。

オレはライラの手を、思いっきり振り払った。

「ちょ、ちょっとアイタナ!?」

オレはライラの制止を無視し、暴走する猿神と距離を詰めた。猿神のリーチに入ると、幾つもの漆黒の拳がオレに向かって飛んでくる。

それをギリギリのところで避け、オレは猿神の懐に潜り込んだ。そして、唱える。

「……凍える炎(アブソリュート・ファイア)」

すると、オレのくず鉄に、青色の炎が灯った。くず鉄より切れ味のいい武器はいくらでもあるが、オレの炎がここまで馴染むのは、くず鉄くらいのもんだ。

俺は燃え盛るくず鉄を、猿神の腹に突き刺した。

刃が弾かれる感触。くきゃ、という笑い声が、上から聞こえる。

普通、怒りに駆られた魔物の肉は柔らかくなる。こいつ、我を忘れているフリをして、その実冷静だったな。

だったら、オレの炎に対して、自分の体の性質を変え、火耐性を身につけていたかもしれない。嘲るような笑いはそれか。さっきの『直感』のスキルも、こっちに対してのもんだったのかもしれねぇ。

「……ぐきゃっ！？！？！？」

だとしたら、いい加減こんな役にたたねぇスキル、捨てちまいてぇな。

オレの炎に、火耐性なんてもんは通用しない。

猿神の身体にボッと火がついて、猿神が驚愕の表情のまま、ガタガタと震え固まる。

この隙は、オレが作り出したもんだ。だったら経験値も、オレに多く入るはずだ。

俺はくず鉄を大きく振りかぶると、猿神の脳天めがけて振り下ろし……。

「きょっ」

猿神が、奇妙な悲鳴をあげ後ろに倒れる……オレの斬撃じゃない。

猿神の胴体に乗って、頭を確認する。シワシワのデコには、二本の光る矢が刺さっていた。

……クソが！

「おい!!　横取りしてんじゃねえぞてめえら!!」

オレは後方を振り返って、矢倉の中でたむろしている、弓隊のドワーフ連中に叫んだ。

弓隊のドワーフ連中に、オレの言葉は届かなかったらしい。あの矢倉の魔法を使ってる女、ナディアが、「アイタナちゃん、ナイスコンビネーション！」と、ご機嫌にブンブンとこちらに手を振っている。

「……チッ」

その一切悪意のない馬鹿面を見ていると、怒る気も失せた。オレは【凍える炎（アブソリュート・ファイア）】を消し、深々とため息をついた。

……パパ、本当にこれでいいのか？

『もうお前に教えられることはない。他から学べ』

十歳の時、パパにそう言われたから、冒険者学院に三年通った。本当に無駄な時間だった。

『オレが魔族に敗北したのは、一人で戦ったからだ。人と一緒に戦うすべを学べ』

そう言われたから、Ｓ級パーティ、多様性の庭（ダイバーシティ・ガーデン）に入った。

しかし、結果はこのざまだ。猿神の経験値の多くは、とどめを刺したドワーフ隊に持ってかれるだろう。一人で戦ってたら、横取りなんてされなかった。

……こういうしょうもない戦闘ばっかなせいで、ここ二週間、オレのレベルは上がってない。焦りが募る。

パパは、十八でレベル１００に到達した。

今、十六のオレのレベルは８１。

レベルが上がれば上がるほど、レベルアップが難しくなる。ダーリヤは、その分ステータスも多く上がるから焦ることはないと言うが、そんな問題じゃない。

オレは、パパを超えないといけない。だから、あと二年で、レベル１００を超えなくてはいけないんだ。

……それが、オレが生まれた意味なんだから。

「くおらぁアイタナー!!　あんなのうちの魔法なしで当たってたら最悪致命傷やで！」

オレに向かって全力ダッシュしてきたダーリヤの拳を、軽く避ける。

昔はオレより全然強い魔法剣士だったダーリヤも、今はろくに前線にも出ず、中衛でぬくぬくやっている。こいつから学ぶことも、もうない。

「まあまあ、ダーリヤ、いいじゃないか。アイタナには【直感】と【攻撃毎回復】のスキルがあるんだし、猿神に不覚は取らないよ」

そう言いながらこちらに歩み寄ってくるのは、【多様性の庭（ダイバーシティ・ガーデン）】団長のセフランだ。

こいつはドワーフの男なのに、女のような見た目をしている奇妙なやつだ。

こいつが『スキルをオンにしなかったら連れていけない』なんて言いやがるから、仕方なく【直感】と【攻撃毎回復】のスキルをオンにしている。

【攻撃毎回復】は、まだ攻撃した分回復するってもんだから、悪くはねぇけど、でもレベルアップの邪魔になるのは変わりない。危険を冒したほうが、レベルアップ的には効率的だからだ。

だからこそ、危険を冒す戦い方してたら、この二つのスキルが神から与えられたんだから、本当に馬鹿げだ話だ。

「団長はアイタナに甘すぎや！　言うときはビシッと言わんと！」

「まあああまあ……それよりもアイタナ、今日こそギルドの方々との食事会、参加してくれるよね？」

セフランは、少女のような顔で柔和に微笑む。とてもじゃないが、ついさっきまで戦っていた冒険者のする顔とは思えない。こいつが団長って時点で、このパーティは終わってるのかもしれねぇな。

すると、忍び足でオレの背後に回り、抱きついてきたライラが、セフランをシャーと威嚇する。

「駄目です！　ギルドの脂ぎったおっさんなんて、まず間違いなくアイタナのことをエロい目で見てくるわ！　何せ姉の私でも、時々エロい目で見ちゃうくらいだもの！」

「……ライラ。あんたそんなの、他の人たちの前で言うたら絶対にあかんで。うちらの評判まで下がってまう……ま、確かに、まっぶい身体しとるのは認めたるけど」

「ちょっと！　副団長といえど、私のアイタナをエロい目で見たら許さないわよ！」

「アホ！　エロい目でなんか見てへんわ！　ただ、エルフの血が流れてんのにどうやったらそんな乳でかくなんのか、同族としてぜひ教えて欲しいだけや！」

「私がいっぱい揉んだからよ！　揉んでくれる相手のいないダーリヤはその微乳で我慢なさい！」

「アホ！　セフレならいっぱいおるわ！」

「きゃぁ!?　ダーリヤ最低！　アイタナの鼓膜処女を汚さないで！」

「鼓膜処女って何やねん!?」

「……二人とも、どうかやめてほしい。魔物にすら聞かれたくない会話だ」

セフランが、呆れたようにため息をついた後、再びオレに向け微笑んだ。

「ともかく、頼んだよ、アイタナ」

「……チッ」

何が食事会、だ。

食事なんていうのは、ただの栄養補給のための時間にすぎない。それをチマチマぺちゃくちゃ喋りながら食べる意味が、全く理解できない。

オレは、一刻も早くパパより強くなって、この世界の支配者、魔族を倒せるようにならなくちゃいけない。そんなしょうもないことに時間を使うなんてゾッとする。

……パパの言うことは絶対だ。疑っちゃいけない。でも、本当に、これでいいのか……。

オレは再び深々とため息をついて、なんか鼻息荒くてキモくなってきたライラをひっぺがして、猿の死体の山に放り投げた。

※

死体の処理を二軍以下に任せたオレたちは、猿神を討伐したことを、全員でギルドに報告しに行った。

報告なら一人でやればいいんだが、こうやってわざわざゾロゾロと皆で行くのは、自分たちの権威を示し、ギルドにいる連中から拍手をもらうためらしい。

多様性の庭（ダイバーシティ・ガーデン）に入ってから、こういう無駄なことばかり覚えちまってるな……ムカつく。

「それじゃ、一旦解散としよう。午後六時にホームに集合。その後、皆でレストランに行こう」

そして、セフランがパンと手を打った。

やっと無駄な時間が終わった。魔物と戦いに行くか、闘技場で決闘でもしに行くか……決闘のほうは、最近避けられてんだよな。冒険者ってのはどうやら冒険しねぇのが仕事らしい。

「……ついてくんなよ、ライラ」

オレは、オレの後をついてこようとするライラに言った。ライラは、猫耳をピクリと揺らし、ふんと鼻を鳴らした。

「ついていくわけないじゃないわ。妹はいつだって姉について来るものよ。それで、どこに行くつもり？　私が先導してあげる」

「……チッ」

こいつと話していると、本当に疲れる。

だいたい姉っつったって、三ヶ月先に、違う腹から出てきただけだろ。それで偉ぶるなっつう話だ。オレのほうが強えんだし。

しかし、撒こうにも、獣人のこいつは、オレの匂いを嗅ぎつけて後を追って来るから厄介だ。

　気分が悪くなるくらい香水をふりかけたらこいつも追いにくくなるが、こいつのために気分が悪くなるってのも、不快な話だ。

　……こいつがいると、受けられるクエストの範囲も広がるし、仕方ねぇな。

「……邪魔すんなよ」

「わかったわ！」

「こら、アイタナ。ちょっと待ちぃ」

　すると、ダーリヤが褐色の手でオレの肩をつかんだ。オレは苛立って振り返る。

「なんだよ、説教はもう十分受けたぞ」

「ちゃうちゃう、あんた、また乳デカなったやろ」

「ちょっと副団長!?　アイタナをエロい目で見ないでって言ったでしょ！」

　ライラが馬鹿でかい声で言うと、ダーリヤがライラの頭に平手打ちを食らわせる。

「アホ！　人前で言いな言うたやろ！　……ドレスやドレス」

　そして、オレに視線を戻す。

「もう前のドレス、サイズ合わんやろ。今から見繕いに行くで」

「はぁ？」

　なんだそれ、なんでわざわざそんなことのために、時間を使わないといけないんだ。

「……いつもの格好でいいだろ」

「いつものって……アンタまさか、あのくったくたのタンクトップと半パンじゃないやろうな!?」

「あ？　そうだけど？」

「アホか！　あんな格好、思春期の男の子やったら見ただけで○通してまうわ！」

「そうよ！　というか、ホームであの格好でうろつくのもやめてちょうだい！　ヤンなんか、あの長い前髪の間からチラチラエロい目で見てるのよ！　絶対に駄目！」

「ぶふっ！？！？」

酒を片手にこちらに聞き耳を立てていたヤンが、吹き出し咳き込んだ。

そして、「ま、魔剣が、エロい格好をする女はエロい目で見られたがっていると言っている」とかブツブツ訳のわからんことを言って、どっかに消えて行った。

「ね、それだったら、ドレスと一緒にアイタナちゃんの私服も買いに行かない？　最近、すごくいいお店が中央地区にできたんだー」

すると、オレの手柄を奪った弓隊のリーダー、ドワーフのナディアが会話に入ってきた。

こいつはドワーフのくせに、この団の中で一番〝女〟っぽいので、一番苦手だ。

「おっ、それはええな。うちももっと男受けのええ服欲しかったんや」

「あ、私も、アイタナとペアルックしたかったの！」

「それ絶対可愛い！」

何やら女三人できゃっきゃ言い始めやがった。ほら、ナディアがいると、こういうなんか薄ら寒い空気になる。

「よっしゃ……それじゃ、ドゲロウとマグヌス、荷物持ちとして連れてったる！」

ダーリヤが、残りの弓隊ドワーフ二人に言う。二人はなぜか、嫌そうなふりをした。

「えっ、俺たちっすか⁉　俺、この後女の子とデートなんで、ちょっと行けないっすね～」

マグヌスが整った髭を撫でると、

「……儂も気乗りせん。人混みは苦手だ」

ずんぐりしたトゲロウも合わせる。

「何言うてんの。どうせあんたら、ぞっこんのナディアの私服見たくてたまらんくせに」

「「ぶふっ！？！？！？」」

二人のドワーフが、同時に吹き出した。

「もぉ～、ダーリヤさん、あたしたちはそんなんじゃないって～」

ナディアは、笑って言う。そして二人の間に入ると、ぴょんと跳ね上がって二人と肩を組む。

「あたしたちはズッ友なんだから！　ね、二人とも！」

「「…………はい」」

一切邪心のない笑みを向けられた二人が、異様に落ち込む。

「……さすが、《矢倉の姫（サークル）》。これを素でやってるんだから恐ろしいわ」

ライラがポツリと呟く。

ライラが言うに、この二人はナディアのことが好きらしい。好きなら、ズッ友？　って言われたら嬉しいもんじゃねぇのか？　……ま、興味もねぇが。

さて、このクソどうでもいい時間をどうしてやろう、と思った時、視線を感じる。そちらを向くと、青色の髪を鬱陶しく長くした男が、じっとこちらを見ていた。

その長髪の男は、周りにいた連中に声をかけ、こちらに歩み寄ってくる。今まで会ったことないやつで、『直感』が発動しないってことは、オレより弱いわけだ。まあ当たり前だがな。

「久しぶりだな、アイタナ、ライラ」

ん、会っていたみたいだ……いや、ライラも不思議そうな顔をしている。

「あら、あなた……えーっと、どちら様？」

「サヴァンだ!!　お前たちと冒険者学院で学業をともにして、お前たちを抑え主席で卒業したサヴァンだ!!」

「……ああ、あの貴族の子。お久しぶりね」

ライラは思い出したようだが、オレには全く覚えがない。

オレは、パパを超える冒険者になること以外に興味がないから、何も得ることのない雑魚のことなんてすぐに忘れてしまう。てことは、結局こいつは弱いってことだ。

「ああ、アンタがうちに入るサヴァンくんか」

すると、ダーリヤがこんなことを言い出した。は？　なんで雑魚がうちのパーティに入んだよ。

「……はい。ご挨拶が遅くなり申し訳ありません。正式に決まったことでもないことで、S級パーティの方々にお時間をいただくのも何かと思い、今日の食事会でご挨拶させていただこうと思っていたんです」

「おお、丁寧な子やね。この子らと同い年やろ？　爪の垢飲ませたいわー」

「ははは、いえいえ」

「ああ、サヴァン君！」

するとで、何やら大人連中とゴソゴソ喋っていたセフランが、笑いながらこちらにやって来る。

ああ、本気で鬱陶しい。セフランの野郎も加われると、より逃げにくくなる。こいつ、ワープ魔法とかいうしょうもないの、使えるからな。

そう思いながら、逃げ道の動線を確認するため冒険者ギルドの出口のほうを見る。ちょうど、二人の男女が……えっ。

「ッッッッッッッッッ！？！？！？！？！？」

なんだ、今の……！？！？

【直感】スキルが発動したのは間違いないが、なんだっ、この感覚！？！？　こんなに感じたの、初めてだぞ！？！？

……あり得ない。何かの勘違いじゃないか？

……いや、今の体に電流が走るような感覚は、間違いなく『強者』を見つけたときの【直感】だ。

オレは、【直感】の原因であろう男を観察した。身長は１７０センチメートル弱、体重は６０キログラムほどの、オレンジ頭のヒューマン。別段体格も良くなく、身につけている装備も、そこら辺で放り投げられてそうな貧相なものだ。

「……ちょっとアイタナ、大丈夫？」

「おい、あいつって……」

その男を指差す人差し指が震えているのに気がつき、慌てて下げる。

「……彼がどうした」

すると、ライラの代わりに、長髪の男が、ムッと顔を顰めて言う。

「知ってん、のか」

「……知っているも何も、サヴァン団の元団員だ」

「え、元団員？」

オレの代わりに、セフランが驚きの声をあげる。

「ということは、彼、やめちゃったのかい？」

「……はい。自分には、多様性の庭(ダイバーシティ・ガーデン)の団員になれるという名誉は、あまりに重すぎると退団しました。今はソロでゴブリンやスライムを倒し、日銭を稼いでいるようです」

「そう、か、それは残念。彼みたいな特殊な冒険者、ぜひともうちに入って欲しかったんだけど。うちの研究部も欲しがっていたし」

「……すみません、私も残るよう言ったんですが」

「おい、だから何もんだ」

二人の会話を遮って聞く。するとダーリヤが「こら、それが人に物を聞く態度か」とぺしんとオレの頭を叩いてから、続ける。

「あの子はティントくんっていう冒険者。ある意味、あんたよりも有名な子や」

「……有名？　強いのか？」

「いや、むしろ逆や」

ダーリヤはかぶりを振る。どういうことだ？

「あの子の二つ名は《神敵》。長いこと冒険者やっとるけど、いまだにレベルが上がらずレベル０のままなんや……ティントくんの気持ちもわかるで。むしろ、サヴァンくんのパーティにいれただけでも、奇跡みたいなもんやしな」

「……弱者を助けるのは、貴族の務めですから」

「おお、ノースリーブ・オッパイちゅうやつやな、ガハハ」

「……ノブレス・オブリージュだよ、ダーリヤ」

「……猫の私に鳥肌立たせないでよ」

……レベル０？　そんな馬鹿な話が、あってたまるか。先ほどあいつに感じた【直感】は……ドラゴンや幻獣などと比べても劣らない……どころか、圧倒的に上だったんだぞ。

スキル出現前に認識していたパパ相手への直感は、感じたことがないから比較ができねぇ。

つまり、あいつがパパ級の可能性だって、否定できない……。

その二人組は、クエストの受注を終えたのか、受付嬢に背を向け、ゆっくりとギルドの出口へと歩を進める。

「そんなことよりアイタナ、今日は食事会に来るんだろうな？　私の父もお前に会いたいと」

「追うぞ」

「えっ？」

オレは長髪男の言葉を遮って、ライラに言った。ライラは赤茶色の目をまん丸にした。オレはライラの腕を掴む。

「ティントを追う。ついてこい」

「……はっ、はぁい！　どこまでもついていきます！」

「姉は妹についていかないって話、どうなったんや、てこら、ドレスはどうすんねーん！……なぁ、おもろかったよな、ノースリーブ・オッパイ」

「……そ、それは、人それぞれ好みがありますので」

ダーリヤとサヴァンのくだらない会話を背中に受けながら、オレはオレンジ頭のティントと、ローブの女を追った。

※

「……エステル様、本当に同行なさるつもりですか？」

「……はい。今日ばかりは、私が直接確認しないといけないですから」

エステル様は、顔を青くしてゴクリと生唾を飲みながらも、決意に目をたぎらせて頷く。

例の事件があって以来、エステル様はゴブリンの森に完全にトラウマを抱えてしまった。

だから、俺のゴブリン狩りのクエストには同行せず、家で編み物などをして俺の帰りを待っていたのだった。

エステル様を毎日のように一人にするのは不安だけど、どうやらエステル様本人は、充実した休日を送っているようだ。昨日なんか、俺に季節外れの手編みマフラーをプレゼントしてくれた。

毎日仕事に追われていたから、のんびりと過ごす日々が楽しくって仕方がないらしい。時折、

「こんな日々に終わりがくることを考えると、叫び出したくなるような恐怖に襲われます……」

と震えてたりこそするけど。

そんな貴重な一日を捨ててまで、確認したいことって一体なんだろう？

……対して俺はというと、正直、こんなのんびりとした日々を過ごしていていいんだろうか、という、ちょっとした焦燥感のようなものがある。

こんな強大な力を得ているのに、やることといえば、ゴブリン狩りくらいのもの。そりゃ本当はやめなくちゃいけなかった冒険者を続けられていることを考えたら、ありがたい話なんだけど……なんか、違うんだよなぁ。

少なくともエステル様のような充実感は、今のところ得られていない。

俺はこれから、何をするべきなんだろうか……。

「おい、お前、ちょっと待て」

その時、後ろから声をかけられる。女性の綺麗な声のわりに随分と乱暴な口調だけど、女冒険者ならさして珍しくない。

最近俺の羽振りが良いことを嗅ぎつけられたか。おとなしくカツアゲされるわけにはいかないけど、目立ちたくもないし……。

そんなことを思いながら振り返って、俺は思わず叫んでしまった。

「……ア、アイタナ！？！？！？」

そこにいたのは、S級パーティ多様性の庭（ダイバーシティ・ガーデン）のエースであり、《勇者の娘たち（ブレイヴ・ドーターズ）》の一人である、あのアイタナだった。

とんでもない有名人で、俺とは全く格の違う冒険者。さらに、エルフ特有の現実離れした美貌を目の前にして、息をするのを忘れてしまう。

アイタナはというと、銀色の美しい瞳で、俺を値踏みするようにジロジロ見る。

なっ、なんだなんだ、あの一流冒険者のアイタナが、底辺冒険者の俺に何の用なんだ!?　まさかカツアゲってことはないだろ、俺の生涯年収を一年もしないうちに稼いでいるはずだぞ!?

あまりに異常な状況に黙りこくっていると、アイタナが俺の目を直視し、こう聞いてきた。

「お前、何もんだ」

「何もんだ……？」

な、なんだその、大雑把な質問……そう言われると難しいな。俺って一体、何もんなんだ……？

考えれば考えるほどわからなくなってくる。なぜか脳裏に宇宙をバックにした猫が浮かんできたところで、これ以上考えるのは無意味だと諦めた。

「……ただのしがない、底辺冒険者だよ」

結果、無難な答えに落ち着いた。しかし、アイタナは一切納得してないようだ。

「そんなわけがねぇ。お前は強いはずだ」

「……えっ」

強いはず、って、嘘だろ、バレた！？！？

……いや、そんなはずはない。

最近はめでたくソロでゴブリン討伐のクエストを受注できるようになり、ゴブリン狩りに勤しんではいるけど、派手な討伐数は記録してない。あくまで現実的な範囲に収めているはずだ。力の調節も完璧になっていて、俺の戦闘シーンを側から見ていたとして、ゴブリンの相手がちょっとうまい程度の冒険者にしか見えないはずだ。

もちろん『祝福の書』を落としたなんて、馬鹿なこともしていない。

……〝はず〟って言っているし、アイタナも確信しているわけではないようだ。

「……えっと、どうしてそう思うんですかね？」

俺は動揺を押し殺し、アイタナに聞いた。アイタナは、そのエルフらしくない豊かな胸を張り、堂々とこう返す。

「【直感】だ」

「……ちょっ、直感ってっ」

俺は動揺半分、安心半分で笑った。アイタナほどの一流冒険者だったら、勘で相手の強い弱いがわかるのかもしれない。要警戒だけど、証拠という証拠はないわけだ。

「と、ともかく、俺はレベル0だから、その直感は間違いですよ。そ、それじゃ、用事があるので」

「待て。それなら、『祝福の書』を見せてくれ」

「えっ！？！？」

さすが一流冒険者、こちらが一番嫌がる選択を即座に選んでくる。おかげでめちゃくちゃ動揺してしまった。銀色の瞳が、そんな俺をじっと観察する。ドバッと冷や汗が出た。

「こらこらアイタナ。失礼でしょ。『祝福の書』は冒険者にとって個人情報が詰まったものなのよ。赤の他人には見せられないわ」

すると、アイタナの斜め後ろにちょこんと立っているアイタナの姉、ライラが、品のある笑みを浮かべながらこう言った。あ、あれ、噂の感じとはちょっと違うな。

ともかく、最高の助け舟だ。俺は大きく頷いた。

「そ、そうっすね、ちょっと、見せられないっすね」

「いいから見せろ。本当にレベル0なら、知られて困る情報なんてないだろ？」

しかし、アイタナは一切引かない。ずいっと俺に詰め寄ってくる。胸が当たりそうになって、後ずさりすると、隣のライラの視線がギラッと厳しくなった。あ、やっぱり噂通りの人だ。

うか」

「い、いや、その……レベル0を揶揄われたトラウマというか、だから人に見せたくないとい

「うるせえ、とっとと見せろ。もし見せねぇなら、お前に『決闘』を申し込むぞ」

「うぇ！？！？」

『決闘』……冒険者ギルドが取り仕切る娯楽の中で、『投げ銭』なんかよりもよっぽど盛り上がる、冒険者たちの直接対決。武器ありどころか、【スキル】も【魔法】も使い放題の、正真正銘の決闘だ……といっても、女神様の加護のおかげで、怪我こそしないらしいが。

問題なのは、多分アイタナの攻撃をどれだけ受けようが、俺は負けないってことだ。そんな姿を公然で晒せば、当然俺がただのレベル0でないことがバレてしまう。

もちろん断ればいいんだけど、『決闘』の申し出を断るのは、冒険者として非常に恥ずかしいこととされている。この件が冒険者たちに知れたら、もっと馬鹿にされるんだろうなぁ。

……もっと怖いのは、この件を知ったアイタナ信者の冒険者たちが、俺を強制的に『決闘』の舞台に立たせるって展開だ。

奴らはアイタナのためなら、俺の人権なんて容易く踏みにじるだろう。アイタナ信者筆頭のライラに、その兆候がないのが救いか。

「……ティ、ティントさん。その、見せてあげてください」

すると、エステル様がこんなことを言い出した。驚いてエステル様のほうを見ると、エステル様らしくない自信に満ちた目で俺を見返してくる。

「わ……かった」

元はと言えば、エステル様のご命令でレベルのことを隠しているんだ。エステル様が良いというのなら、反対するわけにもいかない。

俺は『祝福の書』を取り出すと、アイタナに差し出した。アイタナはなんの躊躇いもなく書を開くと、ジロジロと無遠慮に中身を見る。バクバクと心臓が高鳴った。

「……チッ、どうなってやがる」

アイタナが『祝福の書』をぽいっと俺に放り投げる。慌てて受け取って、恐る恐る確認すると、

ティント　男　ヒューマン
レベル：０
力　　：２５
耐久力：３４
持久力：２８
器用さ：８
素早さ：８
魔力　：３０
魔法　：なし

スキル：【耐えるもの】Ｌｖ．0

『祝福の書』には、俺の初期ステータスが記されていた。

「ごめんなさいね、うちの妹が迷惑をかけてしまって。それでは、あなたの冒険に幸多からんことを……ほらアイタナ、行くわよ」

ライラは笑みを浮かべたまま、アイタナの腕をぐいっと掴む。

アイタナは、俺を凝視したまま、ずるずるライラに引きずられていった。

俺は二人が冒険者ギルドに入って行くのを見送ってから、安堵のため息をつく。そして、ドヤ顔のエステル様のほうを見やった。

「……エステル様、これって」

「あ、実際のレベルは2198のままですよ。『祝福の書』のほうにちょこっと細工して、ティント様がレベル0だった頃のステータスを表示するようにしたんです」

「……流石です、エステル様」

エステル様の機転のおかげで、俺がレベル0であることを証明できた……はずだが、去り際のアイタナの様子を見る限り、容疑はまだ晴れてないみたいだ。

俺がゴブリンを一日で五十四倒したことや、投げナイフでトリッソに勝ったことを彼女が知ったら、より疑いを強めるだろうな……今後はより気をつけて行動しないといけないぞ。

※

……どうやら、早速気をつけなくちゃいけないみたいだ。

ゴブリンの森に入り、人気のない奥地まで入っても、俺たちの背後から二人分の気配が消えない。相当うまくつけてきているから、多分高位の冒険者だ。

となると、先ほどの勇者姉妹が、ストーカーの正体として濃厚だろう。レベル０の頃は絶対に気づかなかっただろうから、感覚的にも鋭くなっているのかな。

何度かエステル様に、それとなく尾行されていることを伝えようとした。

しかし、エステル様はプルプルと小刻みに震え、意識ここにあらずの状態。俺がいくら話しかけても、完全スルーしてしまう。

ライラが聴覚に優れた猫人ということもあり、何度もお伝えするのは危険だ。レベル０の俺が尾行に勘付いていることを聞かれてしまえば、さらに疑惑が強まってしまう。

そんな風に迷っているうちに、

「ごきゅっ」

木の棍棒を持ったゴブリンが現れた。エステル様は「ひぃぃぃ！？？！！？」と素っ頓狂な悲鳴をあげ飛び上がる。

おお、女神様とは思えないリアクション。もちろん後ろの二人も、エステル様を女神様と疑ったりしないだろう。

「ティント様！！！　助けてぇ！！！」

しかも、絶対に強くない人のリアクションだ。いいぞいいぞ……良くない。エステル様がこれだけ怖がっているんだから。……だけど、この状況を利用しない手は、正直ない。

「……ど、どうしよう。俺、ゴブリンなんて倒せないんだ」

俺がガクガク震えながら言うと、エステル様は綺麗な目をまん丸にして俺を見た。

「ティ、ティント様、何を言ってるんですか！？　この前ゴブリンを五十匹倒してたじゃないですか？」

「あ、あれは実は、たまたま落石があって、偶然倒せちゃったんだ！　実際俺一人じゃ、ゴブリン一匹倒せっこないんだよ！」

「ええ!?　そんなの嘘嘘！！！」

エステル様がこれ以上まずいことを言いだす前に、俺はエステル様の腰に手を回して引き寄せて、本当に軽くハグをした。エステル様が、「……ひょえっ」と悲鳴をあげる。

緊急事態とはいえかなり不敬だけど、ここ数日、エステル様が酔っ払うたびに抱きついてくるので、まあ別にいいんじゃないかと思ってしまっている自分もいる。

「ふ、不安にさせてごめん」

と言ってから、耳元で「先ほどの二人につけられています」とだけ呟く。そして、すぐに離れると、エステル様をまっすぐ見つめる。

「俺、本当はゴブリン一匹倒せない、どうしようもない底辺冒険者だけど、テルを守るためなら、命をかけて戦うよ」

「……ティ、ティント様ぁ」

エステル様が瞳をハートマークにして俺を見る。うっ可愛い。けど、これは演技で間違いないだろう。女神様が人間程度に目をハートマークにするわけがない。

とすると、『今から二人に、僕たちが雑魚冒険者である様を見せつけよう』という、俺の意図がエステル様に伝わったわけだ。できることなら様付けはやめていただきたかったんだけど、まぁそのくらいなら大丈夫だろう。

「よ、よおし、かかってこい、ゴブリン！」

俺はエステル様に傍にどいてもらって、ナイフを構えてゴブリンと相対する。退屈そうに空を見ていたゴブリンは、やれやれと木の棍棒を構えた。

こいつら、こういう茶番にいちいち付き合ってくれるし、実はいい魔物なんじゃないか？戦いにくくなるなぁ。

「きえっ」

ゴブリンが俺の脛めがけて、木の棒を斜めに振り下ろす。俺はギリギリのところまで待って、すんでのところで避ける。

「うおっ、危ねぇ！」

「ひええぇ!!」

俺が声を上げると、エステル様も悲鳴をあげる。よしよし、素晴らしい演技だ。

続いて、ゴブリンは俺の横っ腹に横殴りを食らわせようとする。これまたギリッギリで躱すと、今度は不恰好に見えるように意識しながら、ゴブリンの肩あたりをナイフで突き、掠めた。

「ぐぎょっ!?」

「や、やった！　当てたぞ！」

「すごい！　ティント様！」

エステル様がぴょんぴょん跳ねて喜ぶ。ゴブリンに一撃当てただけでこの盛り上がりよう。もはや事前に打ち合わせしていたんじゃないかってくらい、絵に描いたような底辺冒険者パーティだ。

すると、追い詰められたゴブリンが、ぴょんと飛び上がって、棍棒を俺の頭に向かって振り下ろす。俺はギリギリで躱す……のをやめて、棍棒が肩に当たるよう調整する。

「うぐっ！？！？」

棍棒は、うまいこと俺の肩に直撃した。

冒険者じゃない人には勘違いされがちだが、〝耐久力〟はあくまで怪我のしにくさを示す数値なので、〝耐久力〟が高いからといって、痛覚そのものが消えるわけではない。

なので、痛みこそあるが怪我はしていない、という現象が起こるのだ。

おかげで俺は、なんの演技の必要もなく痛みの声をあげて、しゃがみこんだ。

「ティ、ティント様ぁ！」

すると、エステル様が今にも泣き出しそうな声を上げる。演技でやってらっしゃるんだろうが、それでも罪悪感が湧いてしまうな。

あまり長引かせてボロが出ても困るし、そろそろ決着をつけるとしよう。

俺は立ち上がると、ゴブリンの腰にタックルをした。そして、ゴブリンともみくちゃにもみ合った後、マウントを取った。

「うおおおおおおおおお！！！！！！」

そして、十年来の宿敵じゃないと成り立たないレベルの雄叫びをあげて、ゴブリンの首を切った。首からぴゅっと血が水鉄砲のように飛んで、ゴブリンの体からくたりと力が抜ける。

そして、ギラギラと輝く黒い瞳から、徐々に光が消え、やがて漆黒になった。

……そりゃ俺も三年間冒険者をやってきて、たくさんの魔物の命を奪う協力をしてきたし、また魔物に何度も殺されかけたりもした。そして、ここ最近は魔物に手を下すのにも慣れてきた。でも、こうやって自分の下で魔物を殺すとなると、やはり思うところがあるなぁ……。

「ティントさまぁ！」

すると、エステル様がタックル並みの勢いで俺に抱きついてきた。ゴブリンの血肉が、エステル様の新品のローブについてしまう。

「て、テル、ゴブリンの血で汚れちゃうから！」

「そんなの構いません！　ゴブリン討伐、おめでとうございます！」

そういうと、エステル様はポロポロと泣き出してしまった。うぉ、すげぇ。

「……ありがとう、テル」

さすがの怪演だなぁ、エステル様。演技だとわかっている俺でちょっとジーンときているから、背後の二人、もしかしたら泣いているんじゃないか？

※

「……何よあれ、ゴブリン一匹倒した程度で、あんなに感動できるの？　レベル0ってお気楽で羨ましいわ」

ライラが茂みから顔を出し、呆れ切った口調で言う。オレはライラを引っ張り、茂みの中に戻した。

「ね、私の言った通り、無駄な時間だったでしょ？　やっぱり彼は正真正銘のレベル0よ」

「いや、演技だ。オレたちの気配に気づいて、弱いふりをしているんだ」

「……アイタナ、あなた、らしくないわよ。『祝福の書』も彼がレベル0だってことを示していたんでしょう？　冷静になりなさいって」

「『祝福の書』なんて、魔法でも使えばいくらでも偽装できるだろ」

「……もしあなたの言う通りだとして、なんでわざわざそんなことするのよ。彼は三年間レベル0だから、《神敵(ゴッド・エネミー)》なんて不名誉な二つ名まで貰ったのよ。そんな目に遭ってまで、実力を隠す理由って何よ？」

「わからねえけど……オレの【直感】が発動したんだ。本当は強いのは間違いねぇ」

「……たまたま体調が悪かったとか、そういうことじゃないの？　あなた、昔は【直感】と生理を勘違いしてたじゃない」

「そういうレベルじゃねえんだよ。身体に雷が落ちたような感覚がしたんだ」

オレが言うと、ライラが変な顔をした。そして、口をもごもごしだす。

口の軽さでダーリヤによく注意されてんのに、珍しいこともあるな。助かる。

「……ねぇ、絶対ありえないってことはわかっていて、あえて聞くんだけど」

しかし、結局、恐る恐るといった様子で喋り出す。なんなんだよ。

「もしかして一目惚れ、とかではないわよね？」

「……ヒトメボレ？　なんだそれ？」

「それは、その……男性を初めて見て、それで好きになっちゃう、みたいな」

「は？　なんだそれ？　意味ワカンねぇんだけど」

なんで、一目見ただけで人を好きになる。どういう理屈でそうなるんだ。

第一、人を好きになるって感覚も、オレにはわからん。オレは、自分が強くなるのに役立つか役立たないか、そのくらいでしか人を見ない。そして、今の所それでなんの問題もねぇ。

ちなみにライラは、完全に後者、ていうか邪魔もんだ。

「……そう、そうよね。お姉ちゃん安心したわ」

ライラが、フーッと安堵のため息をつく。なんでこいつに安心されなきゃいけないかわからんが、黙ってくれるのならそれでいい。

「ねえ、今からでも、副団長たちとショッピングに行きましょうよ」

「…………」

舌打ちをするのも怠くなったので、完全に無視する。

「お姉ちゃん心配なのよ、アイタナ、私以外と仲良くしようとしないでしょ？　もう少し、お友達がいてもいいと思うの……あ、もちろん男は駄目よ。男女間での友情は成立し得るけど、アイタナみたいな銀髪巨乳美少女エルフとなると、話は別なんだから。何せ姉の私でも家族愛を超越した愛を抱いているのだからね」

ライラは、さらに鬱陶しく喋りかけてくる。こいつの鬱陶しさに、対応策なんてないな。

オレは小さくため息をついて、未だ進展のないティントのほうから、ライラに視線を移した。

「強くなるのに、そんなもん必要ないだろ。むしろ弱味が増えるだけだ」

「……そうでもないわよ。絆が人を強くすることだってあるわ」

「チッ」

甘ったるい理屈に吐き気がする。パパに育てられていないライラは、こういうしょうもないことをよく言う。

「あ、いいこと思いついたわ。今からギルドに戻って、ギルドのお偉いさんに、彼のステータスをこっそり聞いちゃいましょ？　ギルドにある石盤に書かれたステータスなら、厳重に管理されてるから偽装できないでしょ？　ティントの本当のステータスがわかるわよ」

「…………」

ムカつくが、一理あるな。ゴブリン相手じゃあ、良くも悪くも参考にならねぇ。なんならついでに、ティントの住所を聞き出してもいい。

「ね、人脈を築くのも大事でしょ？」

ライラが暑苦しい尻尾を振って、得意げに言う。別に強くなるのに役立ってねぇだろ、と反論しようとも思ったが、面倒なので舌打ちで返す。

「それじゃ、行きましょ」

ライラはドヤ顔のまま、オレの手を取る。鬱陶しいと振り払おうとした、その時、

「……ッッッ！？！？！？！？」

身の毛がよだち、ライラの小さな手を思い切り握りってしまった。

「痛っ、ちょっ、ちょっとどうしたの？」

ライラが戸惑いの声をあげるが、返すだけの余裕がない。

【直感】にも、様々な感じ方がある。『強者』と初めて対面したときは、電流が流れた感じ。そして、『危険』を感じた時は、心臓を舌で舐められたような感覚がする。文字にすりゃそれなりだが、実際は戦闘の邪魔になるほどじゃない。

……今のは、舐められた、なんてもんじゃない。心臓を鷲掴みにされたみたいだった。

「……お前は帰ってろ」

「え、え、何よ。ショッピングは？」

「いいからとっととと帰れ。ついてきたら殺すぞ」

それだけ言って、オレは駆け出した。

『危険』を【直感】するときは、主に敵から攻撃の意思を向けられた時が多い。つまり、敵はすでにオレを認識している可能性が高いってことだ。

ティントは、オレに気づいた様子もなく、今も女の世話をしている。となると、ティント以外に、もう一人、化け物がこの森にいて、すでにオレを狙っているのか。

オレは辺りを見渡す。しかし、視認できる範囲に敵はいない。遠距離からオレに甚大な被害を負わせるだけの攻撃手段があるということか？　ならば、ナディアのように弓の魔法を使える、とか？

……これは【直感】というよりはただの勘だが、強力な遠距離攻撃を持っているだけのやつじゃない気がする。

……いや、勘というか、オレの願いか。

パパはオレに言った。『第一に、自分の命を優先しろ。死闘などもってのほかだ』……死んだら強くなれないから、だそうだ。

だが、余裕綽々で戦うよりも、死闘のほうが経験値を得る上で、効率的だってデータは出ている。実際パパだって、若い頃何度も死闘を繰り広げ、十八でレベル１００になった。

オレだって死闘の一つや二つくらいして、限界を超えていかないと、パパに追いつけない。

……パパ、ごめん、約束、破る。

オレは【直感】に導かれるままに、強敵を求め駆けた。

※

『私は、すべてを得た……それが、私の人生における、唯一の汚点だ』

幼い私を膝に乗せた父は、ポツリとそう呟いた。

当時の私には、父の言っている意味が全くもって理解できなかった。

すべてを得たら、楽しいに決まっている。なんでそれが汚点になるのだろう……本気でそう思っていた。

そして、父が死に、魔界の名家、トラントゥール家の当主になった私は、それに見合うだけの力も得た。あの頃の父と同じように、すべてを得たと言ってもいいだろう。

「……退屈だ」

そして訪れたのは、抗いがたい退屈だった。ある日鏡を見ると、理解できなかった父と同じ顔をした私がいた。

私は父の死によって初めて、父を理解することができたのだ。

親不孝もの、と言うのだろう。

「ヒッ、ヒズミ様っ、どうかっ、どうかお助けをっ」

目の前でひれ伏すのは、私に楯突いた魔族の一人だ。

正直どうでも良かったのだが、少しでも暇つぶしになれば、と、私の城に呼び出した。

今の所、こいつらは私の期待に全く応えようとしない。私は、小さくため息をついてから、言った。

「貴様は何を言っている。私はむしろ、貴様を助けてやっているんだろうが」

「私のっ、私のことはどうでもいいのです！　どうか、どうか娘をお助けください！」

その男は、自分の体に吸い込まれていく娘を抱きかかえながら、泣き叫んだ。

私の魔法で、死にかけの父親に娘を強制的に吸収させてやったのだ。父親は娘の命を吸い生き延び、娘は死ぬわけだ。

私としては、生き残りたい父と死にたくない娘が、お互いを罵り合う様が見られるのではないかと踏んでいたのだが……。

「お父さん、私はいいの！　お父さんのためなら、私、自分の命なんて惜しくないから！」

「そんな……お前を失ったら、私は生きていけない！」

「馬鹿！　魔界を変えるために、お父さんは絶対必要な人なんだよ！　だから、何があっても生きなくちゃ駄目なの！」

「……うぐっ、ウッウッウッ」

父親が、涙をボロボロと流す。娘がその涙を、まだ吸収されていない手で拭い、微笑んでみせた。

……はぁ、これまた、なんとも参ったなぁ。

「……参った、素晴らしいよ」

私は、パチパチと拍手をした。二人が畏怖の目で私を見る。そんな目で見られるのも、とうの昔に飽きてしまった。

「美しい家族愛を見せてもらった。それに免じて助けてやろう」

私は娘の頭を掴み、父親の体から引き摺り出してやった。ついでに、父親の体も治してやる。

時間にして、十秒ほどの沈黙。

「……パパっ」

一足先に状況を理解した娘が、父親に抱きつく。父親も娘の抱擁にハッとなり、滂沱の涙を流し、娘を強く抱きしめ返した。

「……痛っ」

すると、娘のほうが悲鳴をあげ、頭を押さえた。

「どっ、どうした!?」

「あ、うん、大丈夫、ちょっと打ったところが……っつ。いた、い」

「……お、おい、本当に大丈夫なのか？」

察しのいい父親が、顔を青くして娘に聞く。

娘も「だいじょぅ、いたっ、痛いっ!?」と、自分の体を襲う痛みが、ただの打撲でないことに気づいたようだ。

「イダッ、イダダダダダアダだだだダダダだっあっ」

「!?　ヒズミ様っ、娘に何を!?」

娘が奇怪な声をあげ、グニョグニョと形を変え始める。

何を、と言われても、私も適当にやったので、どうなるかわからない。

が、食欲旺盛なのは保証できる。

「がぎゃ、がぎゃぎゃ、胃ギャラギャラバラバッ」

「つ!?　……ヒズミ、貴様ああああ!!!!」

父親が私に向けて光の剣を作り出す魔法を発動した瞬間、娘だったものが、ばくりと父親の肩口に噛み付いた。父親が悲鳴をあげ、魔法が立ち消えた。

バケモノになった娘が、父親を押し倒し食い荒らす。私を呪う父親の断末魔があまりに凡庸でそれらしく、私は一つあくびをした。

ああ、見飽きた結末を導いてしまったな。

……まずいなぁ。このままでは私も、父のように退屈に殺されてしまう。

私がもう少し、退屈に抗う努力をするべきなのだろうか……いや、私が悪いのではない。

そう、いつだって、私以外の連中が悪いのだ。

少し私に逆らう様子を見せたかと思えば、私を目の前にすれば全員が恐怖におののき、許しをこう。どいつもこいつも、ワンパターンなのだ。どうせ死ぬのだから、せめて最後に私を楽しませようという粋なやつはいないものか……。

「……待て」

そういえば、確か五十年ほど前、この魔城に人間が来たことがあったな。

その人間は、人間のくせに、ほかの魔族のように私を恐れることなく、妙な炎の魔法で私に立ち向かい、まだ若く尖っていた私をそれなりに楽しませてくれた。

だから私も、そいつの命乞いを聞き入れ、殺さずに逃がしてやったんだ……そう、確か勇者ナントカとか名乗っていたな……名前は、なんと言ったか。

「……ああ、ここまで出てきているんだが」

名前は出てこなかったが、そういえば、あやつの剣を奪って、腕を飛ばしてやったことを思い出す。その剣を使えば、召喚魔法を使ってあやつをこの城に呼び出すことができる。暇つぶしの相手には、ちょうどいいんじゃないか。

「……アリ、だな」

問題は、その剣はどこにやったか……記憶にないが、どうせウルリーカのやつが、武器庫にコレクションしているだろう。

私は少々の高揚感を覚えながら、くだらん父娘を塵にして、武器庫に向かった。

武器庫の重厚な両扉を開けると、細長い部屋に、数えきれない武器がずらりと並んでいる。

この中からあやつの剣を探すのはかなり面倒だ。

ウルリーカめ、収集癖もいい加減にさせないといけない。

記憶を探りながら、武器庫を歩く。武器に全く興味のない私には、先ほどでないにしても、退屈な時間だ。ウルリーカを呼ぼうかと思った時、一つの武器が目に入った。

白銀の輝きを放つ、一振りの大剣。まるで生きているかのような存在感に、詳しくない私でも、業物とわかる。

……そう、そう、これだ。これで、あやつの腕を切ってやった。

名前こそ出てこないが、あの日の映像が鮮明に流れる。そして、一つの事実に気がついて、頭を押さえた。

「……ああ、参った」

そうだ。あやつは確か、ヒューマンという種族だった。

ヒューマンの寿命は平均で七十ほどのはず。すでに死んでいるか、生きていたとしても、ヨボヨボの爺さんになっているはずだ。

「……はぁ、最悪だ」

ゴミ掃除で暇を潰せるのなら、なんの苦労もしない。私は腹いせにあやつの剣で遊んでやろうと、複雑な螺旋を描いた柄を手に取った。

「……待てよ」

勇者は駄目でも、勇者の子供ならどうだ？　勇者の子供なら、同じ炎の魔法を使える可能性は十二分にあるのでは？

この剣には、勇者の腕を切った時の血が残っている。

召喚魔法では、勇者本人しか呼び出せない。しかし、この血を嗅ぎ、味わえば、私だったら勇者の血族を見つけ出すことができる。あやつの蛮勇と、炎の魔法を受け継いでいるのなら、それなりに楽しめるはずだ。

よし、当初の予定は狂ったが、今からあやつの子供を、あやつの剣で殺してやろう。自分の愛剣の最後の獲物が自分の子供だと知ったら、ふふ、ショックで死んでしまうんじゃないか……。

「……馬鹿か、私は」

馬鹿に違いない。一体全体、どうやってその子供とやらに会いに行くというんだ。連中の住む人間界は、神とかいう不浄の存在によって、強く穢されている。私のような高貴な存在は、腐臭が酷くてとてもじゃないが近づくことができないのだ。

父親を呼び出して、子供を釣るか……ええい、ヨボヨボのジジイを助けに来る子などいるか！　うまくいくかもわからんのにそこまでするのも面倒だし、興が乗らん！

「お嬢様、そのようなお手数をかける必要はありません」

すると、トラントゥール家の紋章の入った眼帯をしたメイド、ウルリーカが、私の耳元で囁いた。

私は即座に、ウルリーカを殴りつける。

「心を読むなと言ったはずだ、ウルリーカ」

「これは失礼いたしました。お嬢様」

ウルリーカは、私に殴られてなお、慎ましい笑みを浮かべる。こいつと殺し合えば、それなりに退屈はしのげるが、有能なメイドをこれ以上失うのは、私としても望むところではない。

「……で、なんだ？」

「はい。末端の魔物から報告があったのですが、どうやら今現在、神の結界が弱まっているようなのです」

「……結界が弱まっている？　つまり、穢れが浄化されているということか？」

「どうやらそのようです。最近運動不足ですし、散歩がてらに、人間界のほうに足を運んでみてはいかがでしょうか？」

「……ふむ」

人間界。ゴミの掃き溜め、か。

……ただのゴミ掃除では、暇つぶしにはならない。

だが、大量のゴミを一気に消し去ったとなれば、それなりの快感はあるだろう。勇者の子供が外れだった場合、その腹いせに人類を滅ぼす、というのも、ありといえばありだなぁ。

ああ、その時は子供だけ生かし、わざと残した死体の掃除をさせるのもいいな。連中は群れなければ生きていけない下等生物らしく、仲間意識が強いらしいから、それなりに見られるやもしれん。

「……悪くないな。ウルリーカ、着替えを用意しろ」

「承知いたしました、お嬢様」

ウルリーカが残像を残して消える。私は一つ伸びをして、手に持った勇者の剣を光にかざした。

……今度のおもちゃは、少しは楽しませてくれるかな。

剣をべろりと舐めると、鉄の味に心臓が高鳴った。

※

……ここが、いいか。

オレが選んだのは、ゴブリンの森の奥地にある、四方を崖に囲まれた凹地だ。

人気のないここなら、邪魔も入らない。また、遠距離攻撃からオレを守る防壁にもなる。

しかし、危険の【直感】は薄まるどころか、どんどん明確に強くなっていく。やはり、とんでもないバケモンが、オレに攻撃の意思を持って接近しているだけなんじゃないか。

【直感】を感じながら、戦闘することにはもう慣れてはいるが、ここまでのレベルのものとなると、話は別だ。もし、バケモンと対面した時、強者を感じる【直感】で、ティントレベルの電流が身体に走ったら、大きな隙になる。

オレは少し迷ってから、『祝福の書』を取り出し、【直感】のスキルをオフにした。

「ほう、エルフか。貴様らの見目はそれなりに好きだぞ」

その時、後ろから女の声が聞こえた。オレは即座にくず鉄の柄を掴む。

「つらあっ!!」

そして、横回転斬りを後方に繰り出した。

「……ふん、随分ととろいな」

声の主は、オレのくず鉄の上に乗って、眉をひそめた。

「っ……！？！？！？」

陶器のように無機質な肌に、彩り豊かな人間味のない虹彩、そして、頭から伸びる巨大な二本の角は、火山から吹き出たマグマのように赤黒い。

こいつ、魔族か……!?

俺は一瞬凍りついた思考をすぐに溶かして、【凍える炎（アブソリュート・ファイア）】をくず鉄につけようとした。

しかし、その頃には、魔族はトンッと軽い調子で飛んで、オレのくず鉄から降りていた。

オレはバックステップを踏んで、くず鉄を構え直す。

なんでゴブリンの森に、魔族がいる……待て、奴が持っている剣、あれは……。

「パパの、剣」

実物を目の当たりにしたことはないが、レプリカ品はいくらでも出回っているから、知っている。

そして、その剣には、レプリカでは出せない、多種多様な魔物を斬り伏せてきた痕があった。

……五十年前、パパは帝王から魔界侵略の命を受けて、勇者の剣を装備し魔界に向かった。

そして、勇者の剣と、片腕を失って、命からがら生還した。

敵を目の前に、悠長なことをしている場合じゃないはわかっている。でも、聞かずにはいられなかった。

「お前、パパ……五十年ほど前、ベルンハルドと戦った魔族、ヒズミか」

「……おお！」

その少女は、勇者の剣を握る拳で、ポンと手を叩いた。

「そういえば、そんな名前だったな、あの男」

「……ッ」

パパの名前を忘れていた、だと？

ふざけるな。パパはお前と戦ってから一度も、お前のことを忘れなかった。毎夜、苦しげにお前の名前を呼び、うなされていたんだぞ……。

オレがどれだけ殺気立っても、魔族は軽薄な笑みを絶やさない。

「お前が、そのベルンハルドとやらの娘で間違いないな？」

「……それが、どうした」

「いや何、貴様に会いにきたんだよ」

魔族はそう言うと、ニヤリと笑って、無防備に手を広げた。

「お前のパパの、あの無様な命乞いをふと思い出したら、当に忘れたはずの罪悪感がふつふつと湧いてきてな。お詫びに、娘のお前に復讐の機会をやろうと来たんだ。ほら、私は防御しないから、一手好きにしていいぞ」

「……テメェ」

明らかな挑発。怒りに任せ、隙だらけの魔族の脳天に鉄くずを食らわせてやろうと思った。

しかし、パパとの訓練の日々が、怒りによって突き動かされることを許さない。

……そうだ、馬鹿な魔族が勝手に隙を作ったんだ、まずは【直感】をオンにしたほうがいい。

オレは『祝福の書』を取り出しスキルをオンにした。

「……ふん、参ったな。期待外れだ」

すると魔族が、複雑な色彩を放つ瞳を歪める。

「父親を弄んだ私に対して、冷静さを失わない。私を恐れているのか？」

「……っ」

恐れている？　違う、だけど、パパが言ったんだ。『魔族とは、オレが許可するまで戦うな』って……。

パパの声が脳内で鳴り響く。くず鉄を握る手の力が、フッと抜けた。

……クソ、何をしている。オレはパパの約束を破ってまで、ここに来たんだぞ。それなのに、結局パパの言うことを聞いて、逃げるつもりなのか？

「……やれやれ、お前がモタモタしているから、愚か者が来てしまったではないか」

「……あ？」

その時、オレに人影が落ちた。影の尻尾が地面で揺れているのに気がつき、反射的に舌打ちする。

クソ、この馬鹿が近づいてきているのにも気づかないくらい、おかしくなっちまってんのか、オレ。

影の主、ライラは、着地と同時に大型のナイフ、『火龍の牙』で魔族に斬りかかる。魔族は余裕で躱し、一つ噛み殺しあくびをした。

ライラはバックステップでオレのところまでやってくると、背中の火龍の盾を構え、こちらを見た。

「アイタナ！　大丈夫!?」

「……テメエ、帰れっつったろ!!」

「馬鹿、あんな様子のおかしい妹をほっとけるわけないでしょ！　ていうか、なんでこんなとこに魔族がいるわけ!?」

ライラがヒズミから目を離さず、オレに聞いてくる。オレは無言で答えた。

ニタリ。

すると、ヒズミが、何かいいことでも思いついたように、笑った。背筋がぞくりと冷える。

「ほう、この女からも、微かに奴の血を感じるな……お前よりも薄いが、怯えながらもしっかり仕掛けてくる分、この女のほうが幾分かマシのようだな」

「……何言ってるの、え、ていうか、あの剣……」

「……ライラ、今すぐ逃げろ。あいつは、パパの腕を奪った魔族だ」

ライラが、「あの、クソ親父の……!?」と、明らかな隙ができるほど動揺する。

仕方ねぇ。オレたちにとって、パパは絶対的な存在なんだ。そんなパパが敗北を喫したヒズミもまた、認めたくないが、絶対的な存在ではある……。

「……だったら、アイタナにとっては宿敵ってわけね。なおさら逃げられないわ。絶対に、アイタナを守りきってみせるわ」

「！　……そ、そうだな」

「……クックックッ。そのアイタナが、ビクビク震えて逃げる気満々のようだがな」

ヒズミが、可笑しそうにオレを嘲笑する。カッと血がのぼるのを感じて、オレは無理やり握力を取り戻した。

……ライラの言う通りだ。こいつは、オレの宿敵だ。

オレは、パパを超える剣士になるため生まれてきた。なぜパパを超えなくてはいけないかというと、パパでも殺せなかったこいつを殺すためだ。

つまり今、生まれてきた意味を示す、絶好のチャンスが、オレの目の前に現れたんだ。

人間界の、しかも結界の中心地のリギアからこんだけ近い場所なら、結界の力がヒズミに働いているはず。まず間違いなく、ヒズミは弱体化している。

パパだって、この場にいたら、オレに戦闘の許可を出しているはずだ。

「……ライラ、もう一度言う。逃げろ」

「断るわ。さぁ、行くわよ」

ライラの言葉を受けて、オレは地面を蹴って前に出た。ピタリ、とライラがオレに動きを合わせる。

悔しいが、こいつはオレの左手より上手に、オレに合わせる。

こんだけでかい盾を持っているくせに、オレの剣筋を感じ、絶妙に邪魔にならない。オレの

特殊な炎への耐性も、装備品で揃えてやがる。

……ヒズミのスピードを考えたら、大振りじゃダメだ。必要最低限の動きで、仕留める。

オレはくず鉄を軽く引いて、そのまま体重の乗った突きを繰り出した。

「……っ」

ヒズミは、退屈そうな表情を残して、オレたちの前からフッと消えた。

「ほう、火龍の鱗から作られているのか……ふっ、百魔の王と呼ばれた魔物が、哀れな姿だな」

背後からする声に、振り向く。

ヒズミは、その小さな両手に、ライラの『火龍の盾』を持っていたのだ。

「えっはっ!? そんな……!?!?!?」

ライラの狼狽が、背中越しに痛いほど伝わる。

無理もない。ライラは皆を守る戦士として、戦闘中、どんな攻撃を受けても、盾を放すことはなかった。

ライラがそのために、血の滲むような努力を毎日続けてきたことを、オレは知っている。

それを、ヒズミは、奪ったことすら気づかせなかった……その気になれば、オレたちの命を奪うことだって、できたはずだ。

……速いなんて、次元じゃねぇ。ワープが使えんのか？　でも、セフランのワープは、もう少し予兆がある。

魔族は、しげしげと火龍の盾を見た。そして、悪意に満ち満ちた笑みを浮かべる。

「ちょっとした余興だ。楽しめ」

そして、両手で盾を持つと、まるでペラペラの紙でも扱うように、火龍の盾を、いとも簡単に引き裂いて見せた。

「……嘘」

火龍の盾は、鍛治ギルドがSランクの耐久性を保証した防具で、一時期パパだって使っていた。それをそんなにあっさりと……こいつ、本当に弱体化……あ？

「……何、あれ」

ライラが、ポツンと呟く。

破壊、じゃない。むしろ、逆、だ。

裂けた盾から、鱗に覆われた真っ赤な尻尾が、にゅるりと這い出る。人間一人簡単に引き裂けそうな爪を携えた四本の足が、大地を踏みしめる。

爬虫類の目が、オレたちを捉え、ぎょろりと殺意に剥かれた。

火龍の盾から、火龍が、生・ま・れ・た……!?

「ぐるぎゃあああああああああああああ！！！！！」

完全に成った火龍が、天高く叫んだ。

※

猿神とは格の違う雄叫びが、逆にオレを現実に戻す。

パパから、ヒズミがこんな馬鹿げた魔法を使うなんて聞いていない。

……こいつ、勇者ベルンハルド相手に、手加減してたってのかよ。

「ライラ！　今すぐ街に帰ってうちの連中を呼んでこい！」

「………」

クソ、ライラのやつ、火龍の威嚇に、完全に硬直してしまっている。

だったら、ライラが正気を取り戻すまで、火龍の注意をオレに引き付けないといけない。

オレは地面を蹴って、火龍に向かって飛んだ。

その瞬間、ざわりと【直感】を感じ、反射的に上に跳ねる。

オレの下ギリギリを通過した火龍の尻尾が、寸前で腕をクロスしてガードしたライラに直撃する。

「ライラ!!」

ライラは目にも留まらぬ速さで吹き飛び、壟断に嫌な音を立ててぶつかった。

……大丈夫だ、生きてる。だが、今すぐ回復師に見せないとまずい。クソ、なんで受け止めなかったんだよ、オレ。

「それでは、こうしよう」

しかし、ライラの元に駆けようとした時には、魔族がライラのすぐそばに立っていた。

ヒズミは、どこから持ってきたのか、恐怖に慄くゴブリンを手に持ち、ライラの全身を、舐めるように見る。激昂しそうになったが、すんでのところで衝動を抑える。

今、ライラの命はあいつの掌の上にあるんだ。

「……おい、ライラに触れるな。目的はオレなんだろ？　ここだと邪魔が入る。場所を変えるぞ」

オレがそう言うと、ヒズミはクックツと喉の奥で笑った。

「安心したまえ。私は触れない。私はな」

そう言って、魔族がライラの身体にゴブリンを落とす。ゴブリン程度だったら、気絶しているライラにすら傷はつけられない……。

「……あ？」

一瞬、幻覚を見たかと思ったが、この状況でそんなもんを見るわけがねぇ。

ゴブリンの身体が、ライラの身体の中に、溶け込んでいったのだ。

「今、この女にゴブリンを混ぜた。あと数分もすれば、この女は人でもゴブリンでもない化け物に成り変わるだろう。安心しろ、生命の維持は苦手分野でな、醜い身体のまま嫁の貰い手に困ることはない。もちろん、人間程度に治せるものではないぞ」

「……テ、メエ」

そんな馬鹿げた魔法は聞いたことがない。

だが、先ほど目の前で見せられた、火龍の誕生。こいつは、オレの常識では測れない。

オレはライラの死を想起し、芯から体が底冷えした。

「……殺す」

「まあ待て、そう焦るな」

ヒズミは呆れたように笑って、ライラの頭を妙に優しげに撫でつける。

「私もお前と同じ気持ちなんだ。だから、チャンスをやる」

「……チャンス？」

「ああ。私が生み出した火龍を退け、お前……いや、この女も含めたお前たち人間が、私に傷一つつけることができたら、この女を元に戻してやろう……どうだ、少しはやる気になったか？」

そして、ヒズミは崖にもたれかかり腕を組んだ。オレに対して攻撃の意思は一切感じない。

「……そんなもの、信じられるか。今すぐ、ライラを治せ」

「やれやれ、困ったやつだ。それじゃあこうしよう」

すると、突如オレの前に羊皮紙が現れた。そこには妙な文字が書かれているが、なぜだか内容が理解できた。

「その契約書の文言を守ることができなければ、その者には死が訪れる。私は、先ほどお前に述べた条件で契約を結ぶ。その代わりお前が敗北したときは、一生私のおもちゃになるんだ……思うんだが、おもちゃに感情があったら大変だろうな。好きでもないやつにベタベタ触られ、自分の意思とは全く違う動きを強要されているのにもかかわらず、顔は笑顔をキープ。夜は狭い箱の中に閉じ込められ、飽きられたらそのまま一生暗がりのままだ。やがてご主人様に触って欲しくて仕方なくなるんだろうなぁ……楽しみだ」

……こいつのクソみたいな語りはどうでもいいが、契約の件は、多分、本当だ。オレの【直感】が、この契約書に血判を押すことを拒否している。

ライラの身体にゴブリンが入ってなかったら、あいつを背負って逃げることも考えた。だが、その選択肢が消えた今、こいつらと戦うしかない。

魔族と火龍。二匹同時に相手をすんのは無理があった。だが、一対一を二回。しかも、ヒズミには傷をつけるだけでいいなら……勝機は、ある。

「……上等、だ」

オレは指を噛んで、出た血を羊皮紙に押し付けた。ヒズミがパチパチと拍手をする。オレはすぐさま火龍に向き直った。

「……凍える炎（アブソリュート・ファイア）」

唱えると、くず鉄に蒼の炎が灯る。

大抵の魔物は、火というものを恐れ怯む。しかし、獄炎から生まれたと言われている火龍は違う。爬虫類の目で、じろりと値踏みするようにオレの炎を見、フンと鼻から火を出した。

火龍といっても、所詮は魔物だ。そうやって油断しとけ。

俺の【凍える炎（アブソリュート・ファイア）】によって作り出される炎は、炎でありながら氷属性を併せ持つ。

猿神みてぇな火耐性の高い魔物を、この炎で何匹も屠ってきた……お前もそうなる。

まずは、前足を潰す。

オレはくず鉄を振りかぶり、火龍の前足に食らわせた。くず鉄では、火龍の鱗に小傷をつける程度。だが、火龍は戸惑いの声をあげた。

【直感】を感じ、火龍の右引っ掻きをバク転で飛んで避ける。

そして、その回転を利用して、火龍の下顎にくず鉄を食らわせると、確かに火龍の喉から悲鳴が漏れるのが聞こえた。

……オレの炎は、火龍にも通用する。ならば、このままいけば、火龍の動きはどんどん鈍くなり、肉も柔らかくなる。いつものパターンだ。勝てる。

オレは着地と同時に地面を蹴って、もう一度、火龍の前足に、くず鉄を振り下ろした――

「もういい」

しかし、オレの攻撃が当たる前に、火龍の巨体が、軽々と吹っ飛んだ。

「なんだ、その魔法は」

頭から尻尾まで、四十メートルはある火龍を手のひらで押して吹き飛ばしたヒズミが、苛立たしげにオレを見据えた。

「お前の父親の炎は、もう少し芸があったぞ……まだ未完成の魔法を私に披露するとは、なんたる無礼……いや、無知か」

ヒズミが、深々とため息をつく。

「仕方がない。もう終わりにしよう」

「……ああ、そうしよう」

オレは魔力を焚べて、炎を昂ぶらせる。そして、魔族の脳天に、くず鉄を食らわせた。

「ほら、やはりしょうもない。あやつの炎だったら、ただじゃすまないんだがな……はぁ、正直言うと、ちょっと期待していたんだぞ」

ヒズミは、オレのくず鉄を片手で受け止め、轟々と蒼の炎に燃えながら、平然と立っている。

火龍のやつを吹き飛ばすくらいだから、受け止められることは覚悟していた。でも、傷ひとつつけられねぇのかよ……。

ふわり、と身体が浮く。魔族のやつが、くず鉄ごとオレを持ち上げたんだ。

そして、危険の【直感】とともに、オレは地面に叩きつけられた。

「ぐはっ！？！？」

ヒズミは、何度も何度もオレを叩きつける。全身を襲う衝撃と浮遊感に気分がぐるぐる回る。

口の中に入る土を吐き出すと、今度は鉄の味がした。

……くず鉄を放せば、逃げられる。

しかし、放せば、オレの炎は消え、くず鉄は奪われる。そうなったら、勝ち目はない。スキル【攻撃毎回復】がある限り、怪我は大して怖くない。ここは、何があっても放さない……ッツ。

……勝ち目なんて、あるのか？

その時、景色が真っ青になって、内臓が腹側に偏っているのを感じた。

くず鉄は……放していない。くず鉄ごと、放り投げられたんだ。

オレはジタバタあがいて、空中で体勢を整える。そして、地面に着地すると同時に、後転して衝撃を逃がした。

「お前、名前はなんという」

オレが地面を蹴ってヒズミに反撃しようとした時には、ヒズミはオレの目の前にいて、オレを見下ろしていた。

ヒズミのガラス玉のような瞳に映るオレは、剣士でもなんでもない。ただのそこらへんの女みたいな、最低の顔をしていた。

「……アイ、タナ」

……何答えてんだ、オレ。

「アイタナ、命乞いしろ」

ヒズミが、淡々とした口調で、こう言った。

「面白い命乞いができたら、お前たちを逃がしてやる。頼むから、私を少しくらい楽しませてくれ。それこそが、お前たちが生まれた唯一の意味なんだぞ？」

命乞い？　オレは剣士だぞ。そんなもん、できるわけねぇ。

『第一に自分の命を優先しろ。死闘などもってのほかだ……だが、万が一死闘になった際、命乞いだけは死んでもするな。剣士でなくなった瞬間、お前は価値のない存在になるのだからな』

……パパ、わかってる。命乞いなんてしない。パパはこいつに命乞いして、勇者である自分を見失い、空っぽになってしまった。同じように、なっちゃいけない。

『剣士でなくなった瞬間、お前は価値のない存在になる』

『剣士でなくなった瞬間、お前は価値のない存在になる』

『剣士でなくなった瞬間、お前は価値のない存在になる』

わかってる……パパ、わかってるから……。

『アイタナ……ありがとう、助けてくれて』

「……っ」

なんでこんな時に、ライラの笑顔が、浮かぶ。

……ライラなんて、どうでもいい。ていうか嫌いなくらいだ。毎日いらないおせっかいをしてきて、それが正しいことだと信じて疑わない。迷惑なやつだ。

だいたいライラは、最初のうちはオレのことをよく思っていなかった。オレはパパに選ばれて、あいつは選ばれなかったからだ。そんなもん、オレの知ったこっちゃねぇのに、あいつはジメッとした目でオレを見てきやがった。

そんなライラも、そんなライラをいじめて、ライラをより陰湿にしていく雑魚どもにもムカついた。だから、ちょっと助けてやっただけだ。そしたら手のひら返しやがって。

だから、あいつの笑顔なんて、所詮、弱者が強者に媚びへつらうためのもんだ。現金なやつ。

嫌いだ、ライラなんて……。

オレは、必死に力を入れ放さなかったくず鉄を放し、地面に両手をつけた。

「……たっ、頼むからっ、オレたちをっ」

その時、ヒズミの視線が、オレから逸れた。

……音、だ。

魔族の見る崖のほうから、ザクザクと何かが削られている音が聞こえる。

また魔物でも、生み出しやがったのか……いや、ヒズミの表情を見るに、そうじゃない。

音は、オレたちに人外の速度で迫る。そして、ひときわ大きな破壊音とともに、断崖にぽっかりと穴が開いた。

「ペッペッペッ……ふぅ、たっ、助かったぁ……おえっ!?」

崖から出てきたのは、オレンジ頭の男……ティントだった。

※

……一体なんなんだ、この男。

ぶ厚い絶壁を、素手で掘ってきたことが、まず異常。

さらに、この状況を見たときの反応だ。

まずティントは、ここにいるはずのない火龍を見て、恐怖心こそ見せたが驚かなかった。

そして、ここにいてもおかしくないオレを見て、飛び上がって驚いたのだ。

「ふん、たいそうな登場だな。こいつらを助けにでも来たか」

　すると、ヒズミが不機嫌そうなトーンで言った。しかし、その唇は、裏腹に愉悦の笑みに歪んでいる。

「私は、お前のような英雄気取りが、自分のお猪口ほどの器を知り絶望する瞬間が好きでな……さて、どうする？　一手、好きにやらせてやるが？」

　ティントはヒズミの問いかけに、戸惑いを見せる。しばらくの間視線を右往左往させてから、オレのほうを見てこう言った。

「アイタナさん！　ライラさんを担いで逃げてください！」

　言語を理解する敵がいるというのに、あまりに赤裸々な叫びだ。

　普通だったら戦闘慣れしていない馬鹿だが……何か狙いがあるのか？

「無理だ！　姉貴が妙な魔法をかけられた！　その魔族に魔法を解かせないといけない！」

「……魔族!?」

　ティントが目を剥いてヒズミを見る。

　そうか、オレやライラは、魔族が人型ってのを知っているが、普通の冒険者はそのことを知らない。もっと化け物じみた見た目だと、勘違いしてんのか。

「……とっ、とにかく、一旦リギアに戻って、仲間を呼んで来てください！　もちろん俺は火龍に勝てませんが、時間稼ぎくらいはしてみせます！」

「つ、そういうわけにはいかねぇ！」

　こんな無茶苦茶な登場の仕方をするティントは、やはりオレの【直感】通り強い。だが、火龍と魔族二匹を相手に戦えるわけがない。そんな芸当、全盛期のパパでも不可能だ。

「ああ、もういい、くだらん」

すると魔族が、心底退屈そうに言った。

「まったく、最近の若い連中は、身の程を知っていて困る……火龍。好きにしろ」

「ぐるぎゃああああ！！！」

火龍は、喜び勇んで吠える。そして、口をめいいっぱいに開くと、球状の炎が現れ、みるみる巨大になっていく。

熱気がここまでやって来て、自分を狙ってない攻撃にもかかわらず、【直感】が発動する。

火龍の火球（ブレス）。その威力は、大地から噴き出すマグマを焦げ付かせるとさえ言われている。

ボブっという発射音とともに、火龍の火球が、ティントめがけて飛んでいく。ティントは固まったまま動かない。

「おい、ティント!!」

たまらず名前を叫ぶが、ティントは微動だにせず、迫り来る火球を呆然と見る。クソ、何やってんだよ！

「ティント、逃げろ!!」

そう叫んだ時には、火球が地面に落ち、オレは熱風に吹き飛ばされた。

即座に目と口を塞ぎ、体内のダメージを防ぐ。鎧に覆われていない部分が、ヤスリにかけられたように痛む。

……オレでこの程度で済むなら、火龍装備で一式揃えているライラなら、大丈夫なはず。問題はティントだ。クソ、ティントが死んだのなら、やっぱりオレ一人でこいつらを倒すしかない。もし生きているようなことがあれば……戦闘不能者が一人、増えるだけだ。

熱風が収まると、オレは立ち上がり、くず鉄を拾うためあたりを見渡した。

「……は？」

全てを燃やし無にかえす、火龍の火球。

真っ黒に染められ、変わり果てた死の大地。そこにぽつんと一人、素っ裸のティントが、仁王立ちしていたのだ。

「……んな、馬鹿、な」

話、あるかよ。火龍の火球、だぞ。どれほどの耐久力があったとして、無傷で済むわけがない……。

「……きゃぁ！」

すると、少女の悲鳴が聞こえ、オレはハッと意識を取り戻す。

振り向くと、ヒズミは、真っ赤になった顔を両手で隠し、指の間から全裸のティントを見ている。

「……き、貴様ぁ！　なんてものを見せる!!　この、ろっ露出魔が!!」

「……えっ、うわぁ！？？！」

ティントは自分が全裸なことに気がつき、慌てて両手で自分の股間を隠す。しかし、ティントのち〇こ自体が大きいので、先のほうが隠し切れていない。

「かっ!? きっ、貴様っ、そうやってちょっと隠す感じでさらにいやらしく見せるとは何事か！？！？」

「えっ!? いや、全くそんなつもりはないけど？！？！」

ヒズミの意味のわからない理屈に、ティントはブンブン首を振る。ヒズミは角の先まで真っ赤にして、隣の火龍に叫んだ。

「火龍！ その露出狂を踏み潰せ!!」

「ええ!? ちょっと理不尽すぎないか!?」

「ぐるぎゃああああああああああ！！！！！！」

プライドを傷つけられた火龍は、猛然と叫ぶ。そして、翼を折りたたむと、巨大な爪を大地に食い込ませ、ティントに向かって弓矢のように鋭く飛んだ。

「ティント！ 避けろよ、避けろ！」

オレは叫んだが、ティントはまた固まってしまっている。本当に何やってんだ、あいつは!!

大きな図体と翼に惑わされるが、火龍の足の速さは四足歩行の生物の中でもトップクラスだ。

オレの素早さじゃ、間に合わない。

ティントが、なぜ火龍のブレスを食らって、無傷なのか。

あのぼろっちい装備が、例えば『どんな攻撃でも一回は耐える』ような特殊効果のある防具だったか、ティントが【火耐性】のスキルをレベルマックスにしているか。

どのみち、火龍の体重の乗った踏み付け攻撃を、耐えられる道理はない。

「ティント！」

火龍は、スピードそのままに、ティントを踏み潰した。

「……ぐぎゃあああああああ！？！？！？」

そして、火龍は甲高い悲鳴をあげ、前脚を高く上げた。

「……は？」

その内の片方、ティントを踏んづけたはずの右前脚が、不自然な方向にひん曲がっているのだ。

視線を、ゆっくり下に落とす。

頭の上で手を組んだティントは、やはり全裸のまま、ピンピンしていた。

「……なん、なんだ、あいつは」

意味が、わからない。なんだこれ、現実か……？

呆然とティントを見ていると、ティントの目の前にヒズミが現れた。

ヒズミが、小さな拳で軽く火龍の左前脚を殴る。ぼきん、と音を立てて火龍の足がひん曲がり、火龍が甲高い悲鳴をあげた。

「私に恥をかかせた罰だ」

ヒズミが厳かに言う。しかし、目をぎゅっとつぶったままだ。

「私に性的な行為を強要した俗物がまだ息をしている……こんな屈辱は生まれて初めてだ」

「えっ、いや!? 俺はロリコンじゃないし、ひとまず女性にそんなことは絶対にしない!! その、アイタナさん、証人になっていただけますよね!?」

ティントが、クソ情けない表情でオレを見る。つい先ほど、火龍の脚を折った男とは、到底思えない。

「……ロリコン？ ロリコン、だと？」

ヒズミの声が、わなわなと怒りに震える。

「私は、誇り高い、トラントゥール家の魔族だぞ。もちろん貴様の何倍も生きている。そんな私を……ロリ、だと」

「あ、いや、ロリっていうか……男として興奮してしまうと倫理的にまずい体型をしている、というか」

「より悪い表現になったわ！！！ 殺す！！！」

ヒズミが、顔を真っ赤にして叫ぶ。そして、パパの剣を天高く掲げると、無造作に下に振り下ろした。

スパッ。

そんな軽妙な音を立て、ティントの後ろの断崖が、真っ二つに割れた。

そして、そんな攻撃を受けたティントは、それでもピンピンしていた。

「むぅ、なぜ死なん！」

憤怒する魔族は、型もへったくれもない、乱雑な剣技でティントを切る。崖が、まるで豆腐のようにボロボロと崩れ落ちていった。

しかし、その突きの連続の最中、ティントは平然と立っていた……いや、よく見れば、二人、三人……残像ができるスピードで、避けているってことか……!?

「貴様、卑怯だぞ!!　そんな狂気的な男性器を見せつけて、私の目を潰すとは!!」

「いやだからそんなつもりないんですって!!　むしろ頼むから服を着させてください！！！」

「なっ、なんだその被害者面は!!　それが男性器を露出した者の態度か！！！」

「被害者面って、こっちの台詞だよ！！！！」

ヒズミがヒステリックに叫ぶと、ティントも応えて叫ぶ。

……なんだよ、これ。オレが加わる隙が一分もない、とんでもなく高度な戦闘を繰り広げているのに、なんでこいつら、こんなクソどうでもいい会話、続けられるんだ？　別に誰がどうち○こを出そうが、そんなもん、どうだっていいじゃないか……。

間違いなく武の極みと言える二人の攻防に、見惚れている自分にハッとなる。そんな場合か！

魔族の意識がティントに向いているうちに、ライラの元に向かわないと、とオレは立ち上がった。瞬間、ヒズミの連撃が止まる。

ライラに何かするつもりかと警戒したが、違う。

ヒズミは、すっかり拓けたティントの後方に、回り込んでいた。

明らかな隙。しかし、目を見開き、勇者の剣を振り下ろそうとしたヒズミが、ピタリと固まる。多分だが、ティントの開いた股から、ち○こと金玉が丸見えだったんだろう。

「ティント、後ろだ!!」

オレが叫ぶと、ティントが振り返る。

バッチィイイインッッッッッ……………!!!!

その時、何かが破裂したような爆音がして、ヒズミが吹き飛んだ。

「……えっ、えっ、えっ」

ティントは、何が起こったかわからないのか、戸惑いの声を上げている。しかし、オレは確かに見た。

振り向きざま、遠心力で浮いたティントのち○こが、魔族の頬を思いっきりブったんだ。

「……滅ぼす」

少しの沈黙の後、頬を押さえたヒズミが、ぷるぷると震えながら、ポツリと呟く。

そして、ヒズミは怒りの形相で顔を上げた。

「人類全員、滅ぼしてやるうううううううう!!!!!」

ヒズミの叫びが、ゴブリンの森にこだました。

※

……背後から二人の気配が消えて、数分ほどたっただろうか。随分と慌ててどこかに去っていったけど、何かあったんだろうか？

　ともかく、俺たちがただの雑魚冒険者ってことはしっかり見せつけられたし、もう演技の必要はない……んだけど。

　俺は、未だ俺に抱きつきポロポロ泣いているエステル様に、こう言った。

「エ、エステル様、もう演技は必要ありませんよ。もう二人はどこかに行ったようですから」

「……演技？　二人？」

　すると、エステル様は真っ赤になった目で俺を見上げる。

「は、はい、だから、もう底辺冒険者のフリをする必要はなくなりました！」

「……え？　私たちは底辺冒険者ですよ？」

「……え？」

　ど、どういうことだ？　いや、俺は言ってしまえば底辺冒険者だけど、もちろんエステル様は違う。

　すると、エステル様が涙を拭いて、にっこりと笑った。

「忘れちゃったんですか？　もう、ティント様は忘れん坊です……私はテル。ゴブリンのせいで故郷を追われ、この冒険都市リギアにやってきました。でも、私は全然冒険者に向いてなくって、誰もパーティに入れてくれませんでした。生きるために仕方なく借りたお金も返せず、怖い人に風俗に売られそうになった時、全財産を投げ打って私を助けてくれたのがティント様です。それから私たちはパーティを組み、底辺冒険者として苦しいながらも幸せな生活を送っていますよ、ね、ティント様？」

「エステル様！？！？！？」

なんだこれ、怖い怖い怖い。

俺はエステル様の細い肩を掴んで、焦点の合わない目をまっすぐ見た。

「エステル様、正気になってください！　エステル様は俺に経験値を与えるため下界に降りてきた女神様です！　俺たちにレベルアップの加護を与え、魔物避けの結界を張った、我らが女神様なんです!!」

「……ハッ」

我に返ったのか、焦点の定まったエステル様が、がくりと俯く。

「……そう、でした。あと二週間ほどで天界に戻らないといけないことが辛すぎて、つい、記憶を改竄してしまいました」

「………………」

記憶って、ついで改竄できるものじゃないと思うんだけど。なんていうか、もう、女神辞められてもいいんじゃないだろうか。

なんと言葉をかけるべきか迷っていると、エステル様はこのまま地面に埋まるんじゃないかってくらい、ぐったりとなされてしまった。汚れた手を拭いて、慌てて支える。

「……そうですよね、演技ですよね、ハハ。レベル２１９８のティント様がゴブリンに苦戦するはずないですし、私みたいなカス、ティント様が命を懸けて守るはずがありませんし」

「え、いえ、それは、普通に守りますけど」

「……えっ」

エステル様が顔を上げる。俺がもう一度「もちろん、守らせていただきます」と言うと、エステル様の目に、ぽっと生気が灯った。

「そっ、それじゃあ、先ほどのお言葉は、演技とかではなく、本気で……!?」

「は、はい」

それはそうだろう。先ほど辞めてもいいんじゃ、なんて思ったが、エステル様は女神様なわけであって、女神様のために人間が命を張るなんて当たり前のことだ。

「……っ」

すると、エステル様の顔がみるみるうちに真っ赤になっていく。そして、キュッと俺に抱きつく力を強め、潤んだ上目遣いで俺を見た。

「そ、そうだったんですね、その、すごく、嬉しい、です。ありがとう、ございます」

「あ、いえ、全然、当たり前のことですから」

俺がこう答えると、エステル様の視線がさらに熱っぽくなる。

……え、な、なんだこの、オチ○ポ事件の時とはまた違う、男女の色っぽい感じの空気は!?

気まずい空気なんかよりよっぽどまずいぞ!?　なにせ相手は女神様だ、人間程度にこんな色っぽくなられては駄目だ！

……頼む、ゴブリンでも、この際ドラゴンでもなんでもいいから、なんか出てきてくれ！

「ぐぎゃっ！」

するとゴブリンが現れた。もうゴブリンほんと好き。殺してごめん。でも殺すね。質の悪いヤンデレみたいだ。

俺はエステル様に退いていただいて、ノリノリでナイフを構えた。ゴブリンはゴブリンで、戦闘態勢をとる。グロ耐性の低いエステル様には申し訳ないが、ここは惨劇をもってして、この空気を一変させてもらおう。

「あ、ティント様！　お待ちください！」

すると、エステル様からストップがかかる。え、なんだろう。

「ティント様、そのゴブリンをよく見てみてください。何か他のゴブリンと違うと思いませんか？」

「ええ？……あっ」

なんとそのゴブリンは、草木でできた腰巻で、股間部を隠しているのだ。

「あれが、私が確認したかったゴブリンです！」

「……ゴブリン、ですか？」

「はい！　魔物開発部にゴブリンが股間丸出しだということを伝えたら、流石のマッドクリエーターたちでも、それはまずいという結論に至ったようです！　そこでプロトタイプとして、この腰巻きゴブリンを作ったそうです！」

「……あ、そうだったんですね」

やけに早口でテンションの高いエステル様。未だ真っ赤っかな顔をドヤッとさせて胸を張る。

「腰巻きゴブリンと言っても、魔物開発部が無理やり巻かせたのではありません！」

「……え、どういうことでしょう？」

「はいっ、彼は、人間と同じような性の価値観を持っているんです！」

「……性の価値観？」

「はい、性の価値観です！　よって彼は、大抵の人間と同じように、自分の股間部を晒すのを恥ずかしいと感じます！　そこで、自分の意思で腰巻を作り、自分で股間を隠したんです！」

「な、なるほどぉ」

……それって大丈夫なんだろうか。説明こそできないけど、なんだか危なそうな感じがする。

それに、知能はゴブリンのままなんだろうけど、人間と同じ部分があるってなると、これまた討伐しにくくなるよなぁ。

「彼の子供もまた、同じような性の価値観を持ちます！　やがてゴブリンは腰巻きをするのが当たり前になり、ゴブリンの森は純潔を守る女性にとっても働きやすい環境になるのです！」

エステル様は、まるでロマンティックな恋物語を語るように、目をキラキラ輝かせながら言う。

いや、F級とはいえ魔物がうじゃうじゃいる場所は、大抵の純潔を守るような真面目な女性にとって働きにくい環境だとは思うけど……。

しかし、なるほど。そういう事情があるから、このゴブリンは討伐しちゃいけないわけだ。

「と、ということで、今日のところは帰りませんか、ティント様!?」

「……はい」

帰り、再びあの色っぽい空気になったらどうしようと思っていると、

『……ぁぁぁぁぁぁぁぁ!!!!』

「ん?」

北西のあたりから、恐ろしげな咆哮が聞こえた、ような気がした。

……いや、この森は、Fランクの魔物の生息地。ひとまず雄叫びをあげるような魔物がいないはずだ。

「「ぎゃぎゃぎゃぎゃっ!!!」」

「うおっ!?」

すると、オチ○ポ丸出しゴブリンやスライムだけでなく、野うさぎなんかの野生動物も草むらから飛び出して来て、一斉に俺たちに向かってきた……と思ったら、そのまま俺たちを完全無視して通り過ぎていった。なんだなんだ?

「……まさか」

すると、先ほどまで上機嫌だったエステル様が、顔を真っ青にして呟く。そして、例の板の魔導具を取り出し、話しかける。

「へいしり、《クソデカため息万年生理逆パワハラ女》に電話をかけて」

『承知シマシタ』

《クソデカため息万年生理逆パワハラ女》……？　《神敵》より酷い二つ名、初めて聞いたな。一体何者だ？

するとと、ピンポンパンポンという奇妙な音が、ゴブリンの森に鳴り響く。そして、ガチャっと南京錠が開くような音がした。

「あっ、マリアさんお疲れ様。ちょっと今いいですか？」

『は？　別にいいですけど、なんで電話？　メッセでよくないですか？』

すると、その板から、へいしりとは別の人の声が聞こえてきた。こちらは、へいしりと違い、やけに人間味のある声だ。

「あ、ごめんね。ちょっと今すぐ聞きたいことがあって」

『……チッ。はい、なんですか？』

「……あのね、マリアさんに下界の結界のほうを任せてたと思うんだけど」

『は？　特に任されてませんけど？』

「えっ!?」

エステル様が飛び上がって驚く。

「え、えっと、言ったはず、なんだけどなぁ」

『全く聞いてません。エステルさんいっつもボケーってしてるから、忘れたんでしょう？　自分のミス、部下のせいにしないでもらっていいですか？　パワハラで訴えますよ』

「あっ、ごめんねごめんね。全然そんなつもりじゃなくって……そっか、私のミスか。ごめんなさい」

『……はあああああああああああああああああ』

確かに、クソデカと形容するにふさわしいため息が、光る板から聞こえた。

「そ、それで、今、ちょっと下界の結界が緩んでるみたいなんだ。だから、マリアさんにちょっと結界のほう張ってほしいと思ってるんだけど」

『……ま、考えときます。もういいですか？』

「あっ、うん。ごめんね」

『……チッ』

そして、光る板がプツンと音をたてた。エステル様は、光る板を持つ腕をだらんと垂らす。

「……クソ」

そして、片足を持ち上げると、思いっきり地面に生える雑草を踏みつけた。

「クソッ、クソッ、クソがっ！」

何度も、何度も雑草を一心不乱に踏みつけるエステル様。

なかなかに声をかけにくい状況だが、これ以上放っておくと危ない感じがするので、恐る恐る声をかける。

「え、えっと、エステル様……？」

「あっ、すみません！」

エステル様はハッと我に返り、俺に深々と頭を下げた。

「どうやら、私の部下のミスで、魔物避けの結界が緩んでしまったみたいなんです！」

「……そ、そうなん、ですね」

聞いてはいたが、それでも衝撃的な話だ。

つまり、先ほどの咆哮は幻聴でもなんでもなく、強い魔物のものだったってことなのか……？

「……そして、先ほどの咆哮を聞くに、どうやら今この森に、火龍が来ているようなんです」

「かっ、火龍！？！？！？」

そ、それは、にわかに信じがたい。

火龍が住むのは、轟々とマグマを垂れ流す活火山付近。そこが心地よい火龍にとって、エステル様の結界がなかったとしても、ゴブリンの森は決していい環境じゃない。こんなところに、いるはずがないんだ……まさか、俺が願ったからじゃないだろうな？

「その、な、何かの間違いではないでしょうか？」

「……いえ、間違いありません」

エステル様は、ゆっくりと首を振った。

「その、引かれちゃうかもしれませんが、実は私、魔物マニアだから今の会社に入ったくらいで……鳴き声だけで、魔物の種類を判別できるんです」

「えっすごい」

普通にめちゃくちゃすごいので、思わずタメ口を聞いてしまう。

するとエステル様が、意外そうに長いまつ毛をしばしばさせた。

「ひっ、引かないんですか？」

「も、もちろんです。そんなの、S級冒険者でもできる人、いないと思います。それだけ何かを好きになれるって、凄いことだと思います。俺も見習います」

「あ、ありがとうございます……でも、見習っちゃダメ、ですよ」

エステル様は一瞬女の顔になったものの、すぐに暗い表情で肩を落とす。

「……うちの会社がブラックなのは、有名だったので知っていましたが、それでも、自由に魔物が創れるなら耐えられる、そう思っていました……それが、いまや魔物開発部から異動になり、夢も希望もなく、ロボットのように働く毎日です」

エステル様は両手を広げ、自嘲気味に笑う。

「今、私がティント様のような若者に伝えたいのは、〝好きを仕事にするな、楽を仕事にしろ。結局楽が一番楽しい〟……ということです。夢なんてものは、お家のベッドでぐっすり寝ている時に見ればいいんです」

「はっ、はい、胸に刻みます」

正直、胸に刻んだら刻んだで、ちょっと悲しい言葉な気がするけど……それどころじゃない。

結界が弱まっている状態で、本当に火龍がここにいるのなら、めちゃくちゃヤバイ。

ここからリギアまで、徒歩でも一時間かからない。火龍が人の匂いに誘われリギアに向かえば、一般市民に甚大な被害が及ぶ可能性がある。

それに、たとえリギアに行かなくたって、ここは初心者冒険者の狩場だ。初心者冒険者がいくら群がっても、火龍には絶対に敵わない。

丸焦げにされるか、パクリと丸呑みにされるか……犠牲者は両手じゃ済まないはずだ。

「その、ティント様、大変申し訳ないのですが、お願いがあります」

するとエステル様が、俺に深々と一礼をした。

「どうか火龍を、討伐してはいただけないでしょうか」

「……えっ、しかし、火龍がいるような危険地帯に、エステル様と一緒に行くわけにはいきません！」

「あっ、それは大丈夫です。私は、他の部下にも電話をしなくてはいけないので、ここに残ります」

「…………」

それはそれで、まずいようにも思う。エステル様の結界が弱まっているというのなら、もう安全圏などどこにもない。

つまり、あの雄叫びの主とは別の、強力な魔物がやってきて、エステル様を襲う可能性だってある。ゴブリンすら怖がるエステル様を、お一人にしていいんだろうか……。

俺が頭を悩ませていると、エステル様の顔がどんどん青くなっていった。

「どうかお願いします！　経験値をお渡しした時も言ったと思うのですが、神である私は直接人助けをすることを禁止されています！　というか、私は人間担当であって魔物担当ではないので、魔物相手には何もできません！　つまり今、民を救えるのはティント様だけなんです！」

「！」

……俺が、民を救う……！

今まで足を引っ張ったことしかない俺には、自分が人を救うなど想像もしなかった。

しかし、レベル四桁になった今、俺は誰だって救うことができる。

これからどうするべきなのかという悩みに、答えが出たのかもしれない。

俺はエステル様にいただいた力で、エステル様の代理として人を救うため、これから生きるんだ……うん、それでいいはず、だ。

「どうか、どうか、このままじゃ私、適当に責任を負わされてクビに……あれ、別にいいかも」

「エステル様、どうかお顔をお上げくださいませ」

俺は涙目のエステル様に、微笑みかける。

「承知いたしました。必ずや、火龍を倒してみせます」

「……あっ、ありがとうございます！」

だが、そうか、魔物相手に何もできないのか、エステル様……まあ、ゴブリン相手にあれだけ慄いているんだから、そりゃそうなんだろうけど。

とすると、やはりエステル様を一人にしておくのは不安だ。

俺は、なぜだか逃げ出さなかった腰巻きゴブリンのほうに視線をやる。腰巻きゴブリンは、今までのゴブリンと同じように、空気を読んで俺たちを待っていた。

……いや、違う。こいつ、エステル様のほうをチラチラと見ている。やっぱり危険だ。

「エステル様、せめて、このゴブリンだけでも倒してから行こうと思うのですが」

「だっ、駄目です！　このゴブリンちゃんは私の最高傑作なんです！」

「……そ、そうなんですね」

最高傑作って……言ってしまえば股間を隠した程度のことだと思うんだけど、それが最高傑作でいいんだろうか。

「……大丈夫です。このゴブリンは魔物開発部の社員が直々に作ったものです。私に確認してきてほしいって言っていたくらいですから、私に対しては害をなさないよう設定しているに決まっています。なんなら、私を守ってくれるはずです」

確かに、腰巻きゴブリンは、俺に対して敵意は見せても、エステル様を攻撃するそぶりは見せなかった。チラチラ見ているのも、敵意って感じはしない。

それに、先ほど逃げてったゴブリンの様子を見るに、ほかの魔物も明らかな強者の声に逃げ惑っていて、人間のことなど気にもしないだろう。ある意味『最強の魔物』火龍のおかげで、今ゴブリンの森が過去一安全になっていると言えるかもしれない。

……ともかく、エステル様の命令に、逆らうという選択肢はない。瞬殺して帰って来たらいいんだ。

「……わかりました。それでは、行ってきます。すぐに帰りますが、もし何かありましたら、神性を使って助けを求めてくださいね」

「はっはい、行ってらっしゃい！」

あの咆哮、ただの暇つぶしに鳴いたとは思えない。火龍が戦闘態勢を取っているのなら、事態は一刻を争う。

……よし、そうと決まれば走るぞ。

今のステータスに慣れたからこそ、わかる。

今の俺が全力ダッシュしてしまったら、この森を半壊させ、なんなら火龍以上に、多くの被害者を出してしまうに違いない。

俺はナイフをしまい、靴紐をしっかりと結んだ。

そして、持久走をするときの小走りを意識して、軽く地面を蹴った。

「うおっと」

途端、目の前が真っ暗……真っブラウンになる。目の前にあるのが大木だと理解し、くるりと身を翻す……余裕で躱すことができた。どう考えても直撃のタイミングだったが、それでも避けることができる。やはり〝器用さ〟が上がっているのが大きいんだろう。

これなら、もっとスピードを上げても大丈夫そうだ。

俺はさらに力強く、大地を踏みしめた。ボコっと大地が凹み、俺はビュンと加速した。

びゅうびゅうと風を切る音が耳元で聞きながら、生い茂る木々を躱す。すると、森の終着点が見えてきた。

火龍が木々をなぎ倒し歩いているのなら、その音が聞こえているはずだ。

ならば、火龍は森の外にいる。景色が開けたら、見つけられるはずだ。

そして、俺は森を抜けた……目の前は、切り立った崖だった。

「……やばい⁉」

調子に乗った！　これは躱せない‼

上に跳んで、この崖を飛び越えることも考えた。しかし、この勢いで崖を飛び上がったら、そのままリギアを飛び越えて何処か彼方に行ってしまいそうだ。

……だったら、直進するしかない。

俺は両手を前に出した。そして、モグラのイメージで腕を回転させる。

崖をモグラみたいに掘って穴を開けて進めば、最短ルートで行ける上、ブレーキにもなるはずだ。見た目からして結構硬そうだから、力の調節はこのくらいで……。

そのまま、崖にぶつかる。バコン、と音を立てて、崖に大穴が開いた。俺はそのまま直進すると、視界が土の色に染まり、思いっきり口の中に土が入った。

「ゴホッ！？！？！？」

たとえ耐久力のステが化け物級になったって、土が食えたもんではないのは変わらない。

土を吐き出して、吐き出したと同時に口の中に入ってきた土に咳き込むという、地獄のような時間が続いた。一瞬戻って崖を回り込むことも考えたが、今はその時間が勿体ない。

これぱっかしはサヴァンたちに感謝だな。彼らのパワハラに耐え続けてきたおかげで、苦痛に耐えることには慣れている。【耐えるもの】のスキルを手に入れたのも、彼らのおかげっちゃおかげだ……もちろん冗談で、感謝なんてしていない。

すると、手に当たる土の感触が変わったような気がした。そしてすぐに、うっすらと差し込んだ光が、一気に広がってあたりを包み込んだ。俺はとりあえず全身の泥を落とすためトントン飛び、泥だらけの顔を拭って視界を確かにした。

「……ひっ」

鼻先から尾まで、40メートルはありそうな巨躯。

マグマの中から生まれ出てきたと言われても疑いの余地のない、テラテラと光る真っ赤な鱗。

大地に食い込む黒い爪は、そのまま業物になるほどの切れ味らしい。

瞳の悪い小さな瞳孔が、ぎょろりと俺を捉えた。

本当に、火龍、だ……。

覚悟は決めたつもりだったけど、生の迫力に、身が竦んでしまう。

今から俺は、この火龍を倒さないといけないんだ。しかも、他の冒険者に目撃されないよう、こっそりと……。

「……おえっ!?」

周囲に誰かいないかと視線を逸らし、そこにいた二人に、素っ頓狂な声を上げてしまう。

一人は、でっかいツノを頭から二本生やした幼女。

年をとっても見た目が幼い種族はいるが、あのような大きなツノを持った種族がいただろうか。ヒューマンの幼女がツノの防具でも装備しているのかとも思ったが、彼女の持つ異様な雰囲気が、彼女がただの幼女じゃないことを示していた。

そして、もう一人。アイタナが、美しい瞳をまん丸にしてこちらを見ていた。

……気配が消えたと思ったら、こんなところにいたのか。なんで……いや、俺たちよりも早く火龍の存在に気づいたアイタナが、討伐に向かっていたってことか。

問題は、アイタナが全身ボロボロで、幼女に跪いているということだ。見る限り、友好的な関係には見えない。

しかし、アイタナがいるってことは……あそこで倒れているのはライラか！　嘘だろ、死んで……はいない。ここからでも、かすかに胸が上下しているのがわかる。気絶しているんだ。

しかしまずい。ただでさえアイタナは俺がレベル０だということを疑っているのに、こうやって分厚い崖を掘ってきたところを見られてしまった！

「……ふん、たいそうな登場だな。こいつらを助けにでも来たか」

すると、幼女がいつの間にか火龍の横に立ち、俺に尊大な口調で話しかけてきた。

思わず助けに向かいそうになったが、なんなら幼女に懐いてるげな火龍の態度に、踏みとどまる。

「私は、お前のような英雄気取りが、自分の器を知り絶望する瞬間が何より好きなのだ……さて、どうする？　一手、好きにしていいぞ」

幼女が、手に持つ……勇者の剣っぽい剣を、ブラブラ振って言う。

……この幼女、只者ではないのは間違いないけど、それにしたって偉そうだ。親は何してんだという場違いな怒りを、頭を振って追い払う。

アイタナは、まだ動けそうだ。それなら、ライラを連れてここから離脱してもらったほうが、こちらとしては色々やりやすい。

俺はアイタナに視線を戻し、叫んだ。

「アイタナさん！　ライラさんを担いで逃げてください！」

「……無理だ！　姉貴が妙な魔法をかけられた！　その魔族に魔法を解かせないといけないんだ！」

「……魔族!?」

魔族って、この幼女が!?　魔族って、もっと不気味な化け物って聞いてるぞ!?

しかし、目の前の幼女は、頭のツノと変わった瞳以外、明らかに人間のそれだ。とてもじゃないが、信じられない……。

が、アイタナがそんな嘘をつく意味もわからない。この幼女が本当に魔族なら、もしかしたら今の俺でも勝てないんじゃないか!?　それこそ、アイタナのお父さんでも魔族には勝てなかったと言うぞ!?

「……とっ、とにかく、一旦リギアに戻って、仲間を呼んで来てください！　もちろん俺が火龍や魔族には勝てませんが、時間稼ぎくらいはしてみせます！」

「そういうわけにはいかねぇ！」

「もういい、もういい」

するとと幼女が、心底退屈そうに言った。

「まったく最近の若い連中は、どうも身の程を知っていて困る……火龍。あとは好きにしろ」

「ぐるぎゃあああああ！！！」

火龍が待ってましたとばかりに吠えると、一本一本が俺くらいあるんじゃないかという牙がずらりと並ぶ口を、ぱかりと開いた。すると、球状の炎が現れ、みるみる巨大になっていく。

春の心地よい陽気から、真夏の砂漠に放り込まれたように熱苦しくなる。全身の毛穴から、一斉に汗が吹き出し、くらりと目眩がした。

「おい、おいおいおいおい」

俺、本当にこんな化け物を倒せるのかよ……もしかして、俺のステータスでも、耐えきれないんじゃ。

不安がよぎり、身体がぎゅっと固くなった。瞬間、目の前が真っ赤になった。

「……あ」

熱い。

「……あがっ！？！？！？？！？！？？」

熱い！！！！　熱い！！！！　熱い！！！！　熱い！！！！　熱い！！！！　熱い！！！！！

熱い！！！！　熱い！！！！！　こんなの死ぬ！！！！！　のに、なんで、死なない！？！？！？！？！？！

……そう、だッッ、耐久力が高いから、死ねないんだ、だから、このままずっとッッッ。

……耐えろ！！！　ここで俺が気を失ったら、火龍がここら一帯を火の海にする!!　何があっても、耐えなきゃ……ッッッ。

……熱くない、熱くない、熱くない、熱くない、熱くな……あれ？

俺は、パチクリと目を開けた。

本当に、熱くない……？

真っ赤な世界の中、ぽかんと立ち尽くす。

……え、なんで熱くないんだ？

普通に回る頭で、考える。すると、一つ思い当たることがあった。

世界には、スキルや魔法を使わずに、自分の痛覚を自由自在に操れる人がいるらしい。

そして、今の俺は、まず間違いなく、世界一器用な人間。ならば、俺がその人と同じように、痛覚をなくすことが可能なのではないか？

……真偽は定かじゃないが、とにかく、全く熱くない。

『スキル、【耐えるもの】が発現。全てのステータスが十倍になります』

「……えっ」

その時、脳内に鳴り響く声に呆然とする。

俺のスキル【耐えるもの】の効果は、『一定の攻撃を受けた時、ステータスが上昇する』というもの。

効果だけ見ると相当優秀で、スキルが発現した当時の俺は、そりゃ狂喜乱舞したもんだ。

ただ、このスキルさえも、レベル0のまま上がらなかった。レベル0のスキルは、ないも同然。サヴァンやトリッソに『スキルを発動させてやる』といって攻撃される理由くらいにしかならない、役に立たないスキル、だった。

……ステータス、十倍って言ったか？

……え、困る。

だって、せっかく今のステータスに慣れたってのに、再び慣れないステータスに戻っちゃったってことだろ⁉　勘弁してくれよ‼　ていうか十倍ってヤバすぎだろ⁉

そんなことを考えているうちに、俺を覆う火柱が消えた。

幼女は、宝石のような瞳をまん丸にして俺を見た。そして、視線が、ゆっくりと下に落ちる。

そして、みるみるうちに顔を真っ赤にして、「きゃっ」と可愛らしい悲鳴をあげた。

「……き、貴様ぁ！　なんてものを見せる‼　この、ろっ露出魔が‼」

と思ったら、口汚く罵倒だ。ていうか露出魔？　勘弁してくれ。エステル様との一件があって以来、もう人前では裸にならないって誓ったんだ。

なんて思いながら、俺は視線を落とし……自分の秘所が丸出しなのになっているのに気がついた。あ、そうか。俺のボロ装備が、火龍の火球(ブレス)に耐えられるわけがない。

俺は、恐る恐る、アイタナのほうに視線をやる。すると、バッチリ視線があう。

「うわぁ！！！？？？」

火龍のブレスを食らった時より、よっぽど顔が熱くなった。

……見られた。あの冒険者ギルド一の美少女と名高いアイタナに、俺の裸を……コンプレックスのオチ○ポを、見られた……。

……いや、それもそうだけど、火龍のブレスを受けて、全く無傷なのを見られたほうがヤバイだろ!? どうするどうする!? いやとりあえずオチ○ポを隠せ!

「かっ、きっ、貴様っ、そうやってちょっと隠す感じでさらにいやらしく見せるとは何事か！？！？」

「……えっ!? いや、全くそんなつもりはないけど？！？！」

何言ってんだこの幼女!? 親ちゃんと性教育しろよ!!

「火龍！ その露出狂を踏み潰せ!!」

「……ええ!? 理不尽すぎないか!?」

「ぐるぎゃあああああああああ！！！！！」

火龍が凶悪な雄叫びをあげ、俺に向かって走ってくる。火龍はいるわ、魔族？ はいるわ、なんか全裸になっちゃってるし……もう、何が何だかわからない！

俺が混乱しているうちに、火龍の足は俺の頭上にあった。全然避けられるが、今の俺が下手に動いたら何が起こるかわからない。

俺は迷って、オチ○ポを隠すのを捨て、両腕をクロスして頭上に掲げた。真っ暗になり、見上げると火龍の足が俺に迫ってくる。うわ、怖い怖い!?

思わず、火龍が俺を踏みつける直前、俺は逃れるように身を捻ってしまった。

「……ぐぎゃああああああ!？!？!？」

結果、火龍の足はポッキリ折れた。ああ、やばいやばいやばい。再びオチ○ポもイかれステータスも見られた。マジでどうしよう、これ。

※

そこからの展開は、もうてんやわんやだ。幼女が突然目の前に現れたかと思ったら、火龍の足を折り、俺にとんでもない濡れ衣を着せてきた。

そして、手に持っている勇者の剣……近くで見ると、なかなか年季が入っていて、本物っぽい。え、もしそうだとしたら国宝だぞ……で突きを繰り出す。

幼女が目をつぶっているせいか、随分と適当な攻撃だ。しかし、俺の後ろの分厚い崖は、ボロボロと強烈な崩壊音をたて吹き飛んでいく。こっちに土砂崩れが届いてないってことは、突きがあっちまで貫通しているってことか!?

……もう間違いないだろう。この幼女は、魔族なんだ。

レベル０が火龍を相手取っている上、魔族とまで対等以上で戦って……しかも全裸とか、マジでどう弁解したらいいんだ。ていうかいい加減服着たい。

アイタナのほうを、ちらりと窺う。その瞬間、視界の端の魔族が消えた。

「ティント、後ろだ!!」

するとアイタナが、必死の形相で言うので、反射的に振り返る。かなり勢いをつけてしまっていることに気がつき、慌てて右足以外の体の力を抜き、右足で軽くブレーキを踏んだ。

結果、俺の身体は止まった。だけど、一部分……言ってしまえばオチ○ポは、俺が止まっても止まらず、そのままぶんと空を切った。

下腹部あたりで強烈な爆発音がして、俺は反射的に耳を塞いだ。

「…………っ」

何が起こった。火龍が何かしたわけじゃない。そして、魔族が彼方で頬を押さえている……

そして、股間に残るこの感触。

もしかして俺、魔族をオチ○ポでビンタをしてしまったのか……！？！？

魔族はというと、頬を押さえ、ぷるぷるしている。そして、タラタラと流れる鼻血を拭って、

「人類全員、滅ぼしてやるうううううううう！！！！！」

と、天に向けて絶叫した。

「ああ、すみません、そういうつもりじゃや！」

そのあまりの怒りように、ついつい謝ってしまう。当然、オチ○ポビンタの屈辱は、そんなもんじゃ収まりっこない。

魔族はしばらくの間、耳を塞ぎたくなるような、人類を呪う言葉を天に向かって吐き続けた。

「……ふぅ」

そして、一つ息を吐くと、先ほどまでの狂乱は何処へやら、それこそ何の汚れも知らないただの幼女のように、純粋な笑みを浮かべた。

十六年も生きてれば、この笑みが凶行の前兆であることがわかる。背筋が寒くなった。

「ティント、ありがとう。ティントのおかげで、退屈せずにすんだ！」

「……そ、それは良かったです」

「それじゃ、バイバイ！」

魔族は、ブンブン可愛らしく俺に手を振った。

すると、魔族の周りに、半円状の濁った黄色い膜のようなものが、ぶわんと現れた。

見た目は回復魔法っぽい？　……いや、それにしては不吉な雰囲気だし、言動にあまりに合わないか。

その膜は、徐々にその半円を広げていく。火龍の火球によって枯れ果てた雑草が、膜の中に入った。するとしなびた雑草の葉が瑞々しい緑に戻った。あれ、やっぱり回復魔法……かと思ったら、その雑草に、ばっくりと人間の口のようなものができた。

「クキョ！？！？」

そして、雑草は奇妙な悲鳴をあげると、ギュルギュルとねじ曲がり、禍々しいオブジェになった。他の雑草も同じようになり、悲鳴が連鎖していく。俺がレベル0の頃だったら、目を瞑り耳を塞いで、うずくまる程度には恐ろしい。

……一体全体、どんな魔法かはわからない。けど、とんでもなく邪悪なものだってことはわかる。

「ティント、逃げろ!!　アレは今まで感じた何よりも危険だ!!」

ライラをお姫様抱っこしたアイタナが、俺に叫ぶ。

確かに、間違いなく危険だ。どんな魔法かわからないから、俺のステータスが通用するのかもわからない。

だが、もし、この膜がゴブリンの森まで広がり……万が一リギアまで届いたとしたら、その被害は計り知れないだろう。

そして、それ以前に、この森にはエステル様がいる。何が何でも、止めないといけない。

「……アイタナさんたちは、逃げてください！」

「逃げろっ、て……お前、は？」

「……俺は、あの魔族を止めます」

俺はそう言うと、光の膜に向き直った。

痛くない、痛くない、痛くない。変な悲鳴あげてグニャグニャになったりしない。

俺は心の中で唱えると、思い切って膜の中に飛び込んだ……うん、痛くない。身体も……無事だ。膜の中は、黄色の液体っぽいもので満たされているが、なぜか呼吸はできる。絶対に健康に良くはないんだろうが、俺は黄色の液体を飲みながら、断末魔の中、慎重に慎重に、魔族の元へ歩いた。

幼女は、膜の中心で、母親のお腹にいる赤ちゃんのように丸まっていた。表情は恍惚に歪み、勇者の剣？　を持っていないほうの親指を、チュパチュパ吸っている。

まるで赤ちゃんみたいだ……やっぱりこの子、普通に幼女なんじゃないか？

そして魔族は、トロンとした目で、俺の股間を見た。

「……えっ!?　貴様、なんで死んでない!?」

魔族が、顔を真っ赤にして慌てて立ち上がる。

なんでと言われたら、それはレベルが四桁だからなんだろうけど、もちろん魔族にそんなことを明かしたりはしない。

「ま、まあまあ、気にしないでもらえたら」

「気にするわ!!　さっさと死ね!!」

魔族がブンブン勇者の剣？　を振り回す……やっぱり本物の勇者の剣っぽいぞ。だとしたら今すぐ大事に保管しなきゃいけない国宝なんだけどな。

俺はとりあえず魔族の攻撃を避けて、どうしたもんかと迷う。

この魔法がどういうものかわからない状況で、この魔族を倒してしまっていいんだろうか。

魔法っていうのは、俺が知る以上に多種多様だ。それこそ、この魔族が死ぬことによって、この魔法が完成してしまうかもしれない。

ただ一つ、確実なのは、その魔法の持ち主が魔法を解けば、魔法は消えるってことだ。

「魔族、この妙な魔法を消してくれ」

「……は、馬鹿が。消すわけないだろ」

魔族の幼女は、耳に朱色を残したまま、邪悪そうに笑った。

「ふ、こうなってくると、お前が死なないのも一興だな。私はお前に……口にするのも恐ろしいことをされたから、この魔法を執行したのだ。つまり、お前のせいで、お前以外の人類が滅びる。くく、その罪悪感を一生抱えながら生きていけ、ティント、かかかっ」

「…………」

なんだこの、クソ性悪幼女。もう親がどうとかのレベルじゃない。誰でもいいから、思い切り叱ってやんなきゃ駄目だ。この魔法を止めるまで、げんこつをしてやる。俺は握りこぶしを作って、はぁぁぁと拳に息を吐きつけた。

「……な、なんだ。何をするつもりだ」

寸止めオチ〇ポビンタで、あのくらいのダメージ。そこから概算すれば、死なない程度にゲンコツを食らわせるくらいのことは、ここ数日の経験で容易にできる。

そして俺は、魔族の二本のツノの間、脳天に、拳を振り下ろした。

ポキン。

手加減をしたからか、魔族は悲鳴をあげなかった。しかし、その代わりに、魔族のツノの片一方から、乾いた音がした。そして、魔族の、成熟した雄山羊を思わせる、立派なツノ。それが、ボロンと魔族の頭から落ちて、地面にコロコロと転がった。

「……あっ」

……ツノ、折れちゃった。

すると、フッと黄色い景色がクリアになり、生物たちの呻き声もなくなった。魔法が解けた……てことでいいんだよな、これ。

とりあえず、一安心する。そして、折れたツノに視線を落とす魔族の真っ青な顔を見て、次の魔法はもっとやばいことになるんじゃないかと不安になった。

俺は、恐る恐る魔族に話しかける。

「……その、ごめん、まさか、折れるなんて……」

魔族は俺の問いに答えず、茫然自失の様子で角を拾い上げた。そして、しばらくの間そうしていると、その瞳がうるりと潤んだ。

「……うぇ」

……あ、まずい。

「うぇぇえええええぇぇぇぇぇん！！！」

そして、魔族は自分の角を抱きしめ、ギャン泣きしだした。うわ、なんなら魔法よりもよっぽど厄介だ。

「ごっ、ごめんごめん、本当にごめん」

俺はどうすべきかワタワタして、かがんで、魔族の背中を撫でる。嗚咽とともに震える小さな背中はあまりに頼りなく、再びこの子が魔族なのか疑ってしまった。

しばらくの間背中を撫でていると、泣き疲れたのか、魔族もだいぶ落ち着いてきたようだ。

俺は、呼吸が整うのを待って、聞いた。

「その、ツノ、生えてきたりとか」

「しない！」

魔族はブンブン首を振った。そして、鼻水をずずっと啜り上げる。

「角っ、なかったらっ、みんなに馬鹿にされっ」

「あっ!?　そうなのか、その、ごめん……この森には粘着質の草が生えているから、もしかしたらそれでくっつくかも」

「そんなんじゃくっつかないもん！」

魔族が涙目で俺を睨むと、下腹部に視線を落とし、「うっ」と苦痛の声をあげる。

「……おちん○んだってて、いっぱい見せられてっ。パパ以外の、見たことなかったのにっ」

「……う、いや、それは」

それに関しては、コンプレックスのものを晒された俺だって、辛いは辛いんだけどな。

「触ったことなかったのに、ほっぺに押し付けられてっ、なんかおっきくなっててキモかったっ」

「!?　いや、それは絶対ない!!　これが通常時だって!!」

俺が叫ぶと、幼女はビクッとなって、俺の股間を見る。そして、「これが、通常時……」とつぶやくと、再びボロボロと大粒の涙を零した
「うわあああああんっ!!　おちんち○こわいよぉぉぉぉ！！！！」

……あれ、これ、完全に俺が悪いんじゃないかな。この数日で二人の女性に、おち○ちんを

使いトラウマを植え付けるなんて、人間としていよいよ終わってるぞ。

「……おい」

振り向くと、そこにはライラをお姫様抱っこしたアイタナがいた。

「あ、アイタナさん、いや、これは違ってっ」

「ヒズミを、倒した、のか？」

「……あ、うん」

そうだ、今はそれどころじゃない。ライラにかけられた魔法を、魔族……ヒズミに解かせなくてはいけない。

アイタナが現れた途端恥ずかしくなったのか、必死に涙を抑え始めたヒズミに、俺はなるべく優しく聞いた。

「ヒズミ、その、ライラさんにかけた魔法、解ける？」

「…………」

ヒズミは、黙りこくってから、立ち上がって、トコトコとアイタナたちの元へと向かった。

そして、まず手に持った勇者の剣？　をアイタナに差し出す。アイタナは戸惑いながら、それを受け取った。続けて、ヒズミはライラに手を伸ばす。すると、ライラの身体から、ずるりとゴブリンが出てきた……うえっ!?

予想外の魔法に驚いていているうちに、アイタナは無言で踵を返す。そして、猛スピードで去っていった。

……一応、これで、人を救ったってことでいいのか？　俺が、あのアイタナとライラを救った？　実感がなさすぎて喜べない。

「……ぐすっ、ぐすっ」

俺の隣でヒズミが未だ泣いているのも、原因の一つだろう……どうしよう、これ。

するとヒズミが、手で口を押さえ、ウプっとえずく。

「気持ち、悪いっ」

「……ごめん」

「違うっ、結界がっ」

「！」

エステル様の結界が復活したか！

「うぇっ、おえぇぇぇ」

「ああ！」

ヒズミがビチャビチャと嘔吐するので、俺は慌てて背中を撫でる。

どうしたもんかとあたりを見渡すと、怯えた様子でこちらを窺う火龍とばちりと目があった。

あのなつき具合を見るに、きっと火龍は、ヒズミの……ペット？　なんだろう。それなら、ヒズミの家も知っているはず……。

俺は、もう一度ヒズミを見た。この娘を殺すのは、俺にはちょっと無理だ。

……エステル様の結界さえ復活すれば、ヒズミはこちらにはやって来られなくなる。

エステル様の御命令は、結界が弱まったせいで、ゴブリンの森に出現してしまった火龍から、冒険者たちを守ること。結界が復活した今、彼女たちは一目散に住処に戻るだろう。

そうすれば正常な状態に戻るわけだし、ここは見逃してしまってもいいんじゃないだろうか。

「……火龍、両足折れてるところ悪いけど、ちょっとヒズミを、お家に連れて帰ってもらっていい？」

俺が火龍に話しかけると、火龍は怯え切った様子で、コクコク頷いた。

俺はヒズミをそっと抱き、火龍の背中に飛び乗った。そして、最後に「本当にごめんな」とヒズミに言って、頭を撫でる。ヒズミは目をゴシゴシ擦って、頷いた。

俺が火龍の背から飛び降りると、火龍がゆらゆらと不安定に飛んでいった。火龍もあの怪我じゃあ、おとなしく帰るほかないだろう。

とりあえず、一件落着ってことでいいんだよな……俺は、ホッと一息ついた、ところで、気づく。

どうしよう、俺、全裸なんだけど……。

※

図らずも、腰巻きゴブリンと同じ過程をたどってしまった。俺は、シダ植物の葉を何枚かもいで作った手製の腰巻で股間を隠し、エステル様の元へと駆ける。

しかし、心配だ。一応、股間は隠れているが、エステル様にお見せするには明らかに不埒な格好だ。過去の件もあるし、再び泣かれてしまうのではないか。

それに、火龍と魔族を逃がしたとなったら、お優しいエステル様でも、お怒りになるかもしれない……。

「……あれ？」

俺は立ち止まる。確かこの辺りで腰巻きゴブリンと出会ったような……。

あたりを見渡す。うん、ここのはずだ。だけど、エステル様もゴブリンもいない。

……まさか。

最悪の想像に、さっと血の気が引いた。

「ぎゃっぎゃっぎゃっ！」

全身に走る悪寒に大きく震えた時、茂みの向こう側からゴブリンの声が聞こえた。

エステル様じゃないが、腰巻きゴブリンの声だとわかり、ホッとする。

俺は俺で腰巻きを整えてから、茂みをかき分け二人の元へと向かう。

「……あれ」

すると、茂みの途中に、ゴブリンがつけてた腰巻が落ちている。おいおい、これじゃあゴブリンのやつ、おち○ちん丸出しじゃないか。大丈夫かよ。めっちゃ恥ずかしいだろうし、持っていってやろう。

すると、茂みの隙間からちらりと、ゴブリンの姿が見えた。ゴブリンは何やら一心不乱にカクカク奇妙な動きをしている。

「あれ、何をして……はっ？」

そして、その先に広がっていた光景に、唖然としてしまった。

「…………」

エステル様が、四つん這いになってドレスを土に汚し、死んだ魚の目で虚空を見つめている。

「うぴょっ、うぴょっ、うぴょっ」

そして、その腰にへばりついて、ゴブリンが一心不乱にエステル様のお尻に腰を打ち付けている。

「……は？」

現実とは思えない光景に、硬直する。

我々人類の母たる存在、エステル様が、Ｆランクの魔物であるゴブリンに、犯されている
……！？！？

「……エッ、エステル様ああああああああああああ！！！！」

俺は即座にゴブリンの頭を蹴っ飛ばした。ゴブリンの頭は吹き飛び、木々に穴を開けながら上空に粒子状になって飛んでいった。

俺は失礼を承知で、ひっつくゴブリンの死体をひっぺがし、エステル様のお尻を凝視した。

ドレス自体に破れのようなものはない……死体のほうの股間部も確認したが、破瓜による血や、いわゆる〝ぬめり〟のようなものはなかった。

俺はゴブリンの死体を放り投げ、エステル様の正面に回り込んだ。

「エステル様！　エステル様！　ご安心ください、入ってません!!」

エステル様は乏しい表情で「……あれ、ティント、様」と、小さく呟く。そして、自虐気味に笑った。

「はは、どうやら、性の価値観を人間と同じようにしたせいで、興奮する相手も人間になっちゃってたみたいです。私、本当に馬鹿ですね」

そして、ゆっくりと視線を下に落とす。

「……ぎょぇっ！？！？」

すると、ポッと顔に生気が灯った。

「……あっ」

俺も合わせて下を見て、再び自分のおちんち○と対面する。

そうか、ゴブリンを全力キックしたときに、腰巻も一緒になって吹っ飛んでしまったんだ。

エステル様を守るつもりが、再びエステル様に自分の性器を見せつけるという大失態。

「もっ、申し訳ありません！！！！！」

俺はすぐに土下座して、エステル様に謝罪すると同時におちんち○を隠した。

しかし、エステル様が「あ、駄目ですっ、顔をあげてくださいっ」と言うので、仕方なく顔を上げる。

「そ、その、気にしないでくださいっ。そっ、その、ティント様も男子ですものね。しっ、仕方ないと思います」

　エステル様は顔を真っ赤にして言う……え、まさか、ゴブリンに腰を振られているエステル様を見て、俺が興奮し、自ら下半身を露出した、と思われているんだろか。考えているだけで吐き気がするような最低男だ。

　エステル様はもじもじと太ももをすり合わせ、俺を上目遣いで見た。

「……そ、その、私は、全然大丈夫、です。その、前の私は、身も心も処女でしたから、ティント様のオチ○ポを受け入れることができませんでした……でも、今の私なら、受け入れられます。もう、処女でもないですし、それに全然痛くなかったし……いえ、今すぐしていただければ、私の初めてはティント様に奪われたも同然ですので、上書き、していただけたらっ」

「あ、いえ、それはちょっと」

「……えっ」

　一転、エステル様は顔面蒼白になる。そして、「……ハハッ」と自虐的な笑みを顔いっぱいに広げた。

「そうですよね、ゴブリンに犯された私なんて、汚らわしくって嫌ですよね。わかります」

「あっ、いや、エステル様、犯されてません、大丈夫です！」

「あ、はいはい、じゃあゴブリンに犯されてない私ですら、対象外ってことですか」

「……いっ、いえ、そのようなことはっ」

　本当に正直に言ってしまえば、この共同生活で、俺は何度か、エステル様をそういう目で見てしまっている。だが、女神様相手に劣情を催しました、なんて自己申告できる蛮勇、俺は持ち合わせていない。

俺が黙り込むと、エステル様がヒステリックに叫んだ。

「わかってます！　魔物オタクで社畜のブスなんて、そりゃ誰にも愛してもらえないですよね!!」

「いっ、いえいえ、そんなことは」

「だったら優しくしないで欲しかったんですけどね！　そんなの私に気があるって思っちゃうじゃないですか！　そのせいでもう好きになってたのに！」

「……え！？！？」

好きに、なってた……？　女神様が、俺を……？

いやいや、何かの間違いだろう。確かにさっきはちょっと色っぽい雰囲気になったけど、だって俺と女神様じゃ、あまりに身分が違いすぎる。それこそ、俺がゴブリンに恋するようなものだ。

「……ウッウッウッウッ」

「ああっ、エステル様!?」

エステル様が、しくしくと泣き出してしまった。俺はどうしたもんかと右往左往してから、ヒズミにやったように、エステル様の背中を撫でた。

エピローグ　ティント、二人の美人に狙われる。

「せっ、セフラン団長っ、ライラちゃんが起きましたっ！」

ノックもなしに、ナディアが団長室に飛び込んでくる。普段だったら優しく諭すところだが、状況が状況だ。

「わかった、すぐに向かうよ」

僕はペンを置き立ち上がって、ライラとアイタナが眠る治療室へと早足で向かった。

アイタナが気を失ったライラを背負ってホームに戻ってきて、アイタナ自身も気を失い倒れたのが、昨日の午後三時ごろ。

すぐさま二人とも治療室に向かわせて、うちの回復師全員に治療にあたらせていたのだ。

……二人がギルドに設置されたワープポイントを使って、危険地区に行ったという話は聞いていない。となると、徒歩で移動できる範囲…ゴブリンの森の地形が変わったという話から、戦闘地はゴブリンの森と考えて良いだろう…で、あのような目に遭わされたと考えられる。

可能性としては、二つ挙げられる。

一つは、他のS級パーティの人間が、徒党を組んで二人を袋叩きした、というもの。もしそうなら、抗争は避けられない……避けるつもりなど一切ないが。

もう一つは、勇者ベルンハルドが、二人の娘の教育をした、という可能性。

普通の父親は、戦闘の稽古であそこまで娘を傷つけることはないが、ベルンハルドは、残念ながら普通の父親ではない……こちらの可能性のほうがよほど高いのが、何とも胸糞悪い。そして、ベルンハルドと抗争する気は全くない自分が、それ以上に胸糞悪い。

……まずは、ライラに何があったか聞こう。

そう思いながら、僕は治療室に駆け込んだ。

「アイタナぁ〜！　あなたが死ぬなら私も死ぬからぁ〜！」

「こら、アイタナは大丈夫や言うとるやろ！　あとどさくさに紛れて匂い嗅ぐな！」

ちょうど、ライラは眠るアイタナの胸に顔をうずめていて、その後頭部にダーリヤが強烈な平手打ちを食らわしているところだった。

……どうやらすっかり、元気を取り戻したようだ。取り戻さなくて良いタイプの元気ではあるが。

「ライラ、起きたんだね」

「……あっ、団長、この度はご迷惑をお掛けしました」

顔を上げたライラが、ぺこりと頭を下げる。アイタナが絡まなければ、基本礼儀正しい良い子ではある。

僕はベッドから起き上がろうとするライラを制止して、回復師の子たちに、一旦部屋から出ていってもらう。そして、椅子を引き寄せライラのそばに座った。

「ライラ。昨日何があったか、聞かせてもらえるかな？」

「……はい」

それからライラが語った話は、僕が予想した二つと全く違う、そしてその二つより、よほど深刻なものだった。

ゴブリンの森に、魔族が出現した。そして、ライラから奪った火龍の盾から火龍を産んだ……もしそんな馬鹿げた話が事実なら、女神エステルの結界による安全神話は完全に崩壊し、この国は大混乱に陥るだろう。

アイタナとライラが同時に幻術の類にかけられたのでは、とダーリヤは指摘する。確かに僕も、その可能性のほうが高いとは思う。

だが、アイタナがライラと一緒に運んできた『勇者の剣』のことを考慮すると、幻術と断ずるのは危険だ。

『勇者の剣』。勇者ベルンハルドの愛剣であり、五十年前、魔界侵略の際、魔族に奪われた国宝。

レプリカとも思ったが、それにしては性能が高すぎる。ヤンも本物としか思えないと言っていたから、まず間違いなく本物なんだろう。

ベルンハルドが魔族から取り返し、娘に授けた可能性も考えたが、全盛期をとうに過ぎたベルンハルドに、そんな芸当ができるとは思えない。

ライラ曰く、ゴブリンの森に現れた魔族の名はヒズミ。ベルンハルドから『勇者の剣』を奪った魔族その人が、『勇者の剣』を置いていったとなれば、一応の筋は通る……のか？

……どちらにせよ、この話をギルド上層部にお伝えし、同時に箝口令を敷いてもらわなくてはいけない。

とりあえず今後の予定は一旦白紙だ。サヴァンくんたちの件も、一旦保留にさせてもらわないと……はぁ、頭が痛い。

しかし、それにしても、だ。

「つまりアイタナは、魔族と火龍の二匹を相手取って、ここまで戻ってきた……ということになるんだね」

「はい、そうなんだと、思います」

ライラも、不可思議そうに頷く。

アイタナは現段階で、冒険者の中でも屈指の戦闘力を誇る。

しかし、まだ火龍一匹を単独で追い払えるほどではないし、当然魔族……それも『勇者の剣』を持つ魔族から、逃れられるとは思えない。

魔族が気まぐれを起こしたか、誰かが助けに入ったか……いや、たとえレベル100超えのS級冒険者でも、魔族相手だったら焼け石に水だろう。

……不可解なことが多すぎて、僕では手に負えそうにない。ともかく、二人は五体満足で帰ってきている。今は、それを喜ぼう。

「二人が無事で、本当によかったよ」

「……ご心配をおかけして、すみません」

「……ううん」

二人は、多様性の庭（ダイバーシティ・ガーデン）の希望だ。こんなところで、失うわけにはいかない。

人種戦争が勇者ベルンハルドによって終止符を打たれ、多種多様な人種が手と手を取り合って暮らすようになってから、七十年が経つ。

しかし、いまだに人種一種で構成されるパーティは多い。

特に、S級パーティの八割は、一種もしくは二種で構成されているし、そのS級パーティに、その人種として入ることを、名誉だと考える冒険者も少なくない。

そんな状況を苦慮したギルドの穏健派貴族たちが主体で立ち上げたのが、多様性の庭（ダイバーシティ・ガーデン）。

その名の通り、多種多様な人種が所属することをコンセプトとしたパーティだ。

よって、多様性の庭（ダイバーシティ・ガーデン）は他のパーティと違い、ただ戦果をあげるだけで認めてもらえるパーティとは一線を画す。

冒険者活動を通して、未だ人種間に存在する壁をも、取り払わなければいけないのだ。

先の戦争に勝った、人類最大勢力のヒューマンと、一番人気のエルフとの混血種（ハーフ）のアイタナ。

そして、ヒューマンから尊敬の念を一身に受けるベルンハルドと、ヒューマンから長年差別を受けてきている獣人の混血種（ハーフ）のライラ。

彼女たちのような混血種（ハーフ）が活躍すれば、多様性の庭（ダイバーシティ・ガーデン）は、種族の壁を取り払う旗手として、多大な貢献をすることになる。

そう考えると、勇者ベルンハルドの『自分より強い子供を生むため、様々な種族の女性と子供を儲ける』なんてイかれた行動も、感謝すべきかも……と。

「……んぅ」

その時、アイタナが声をあげ、パチリと目を開いた。ライラが狂喜乱舞するのを尻目に、僕はアイタナに声をかける。

「アイタナ、気分はどう？」

「…………」

アイタナは寝ぼけ眼で、ぽーっと虚空を眺める。僕は彼女が覚醒するのを待ってから、続けて言った。

「ライラから話は聞いたよ。昨日は大変だったみたいだね」

「……ああ、大変だった」

「！」

意外だ。あの意地っ張りのアイタナが、大変だったと認めるとは。やはり、ただ事ではなかったということだ。

「ねぇアイタナ、アイタナからも、昨日の話を詳しく聞きたいんだけど、大丈夫かな？」

「……イントのところ、行かなきゃ」

「え？　行くってどこに？　駄目だよ、安静にしてないと」

僕は聞き返すが、アイタナは答えようとしない。トロンとした瞳でつぶやく。

「辞める」

「ん？　うん、そうだね。そうしてくれると助かるよ」

随分と聞き分けがいいな。やっぱり異常事態だ。

するとアイタナは勢いよくベッドから起き上がった。

「オレ、このパーティ辞める！　それじゃ！」

そして、アイタナはベッドからぴょんと飛び降りると、僕たちに手を挙げ、そのまま治療室を出て行った。

……えっ？

僕たちは、互いに顔を見合わせた。

……えっ？

※

トラントゥール家のメイドの仕事は多岐にわたり、中にはメイドの範疇を超えたものもある。

しかし、一番大変な仕事は、メイドとしての本流、掃除であるのは間違いない。

ヒズミお嬢様が私以外のメイドを全て屠ってしまったので、この大きな魔城を、私一人で掃除しなくてはいけないのだ。

私は先ほど、お嬢様が反乱分子でお遊びになった時、絨毯にべっとりとついてしまった血を拭い去り、ふぅと一息ついた。

魔法を使えばすぐに綺麗になるが、併せて私の魔力の残滓が飛び散る。潔癖症気味のお嬢様は、それを嫌うのだ。

お嬢様がそう望むのであれば、従うのみ。全ては、お嬢様のため。それがトラントゥール家のメイド……いえ、私、ウルリーカが存在する理由。

「ぴぃー」

すると、両開き窓から入ってきた狗蝙蝠、ポチが、私の肩に止まった。

「お嬢様がおかえりなのね」

「ワン！」

結界が復活の予兆を見せてから、半刻ほどが経っていた。

そろそろ私が御迎えに上がったほうがいいかしら。しかしお嬢様は子供扱いされたと感じると、一ヶ月は不機嫌になってしまうし……と迷っているところだったから、よかったわ。

埃っぽい格好でいては、お嬢様に失礼になる。私はエプロンを取り、急いでお迎え用のメイド服に着替える。

そして、大急ぎで城門へ向かい、封の魔法を解いて開く。すると、空にポツンと赤い影を見つけた。

……火龍、ね。私のポチがお嬢様と火龍を見間違えるはずもないわ。火龍からお嬢様の魔力の気配も感じる……背中に乗っているのかしら。

とすると、他者に頼ることを恥と考えるお嬢様らしくない行動だ。それも、私のような存在ではなく、どこぞの醜い火龍の背などに乗るなんて……。

私は胸騒ぎを感じながら、お嬢様を待った。

火龍が下降、というよりはこちらめがけて墜落してくる。よく見れば前足を負傷しているようだ。ますます醜いわね。

私はお嬢様をご不快にさせないよう、火龍をそっとそっと受け止める。そして、せっかく整えた庭園を崩さないよう、ゆっくりと横たえさせた。

「お嬢様、お帰りなさいませ」

一礼するが、返事はない。いつまでも降りてこられないお嬢様を不審に思い、私は火龍の背中に飛び乗った。

「…………」

そして、言葉を失った。

お嬢様は、泣き腫らした瞳で私を見る。そして、私から隠すように、腕に抱えていた鮮やかな紅のツノを背中に回した。

お父様譲りの、お嬢様の立派なツノ。

その片方が、折れて、いる！？！？！？

「おっ、嬢様っ……!?」

喉が震えて、次の言葉が出てこない。

するとお嬢様が、飛んで火龍の背中から降りて、そのまま早歩きで城へと向かう。

私は慌てて、お嬢様の後を追った。そして、痺れる唇を動かし言う。

「おっ、お嬢様⁉　その、ツノは、どうなさったのですか⁉」

「うるさいっ！！！　ついてくるなっ！！！」

お嬢様はヒステリックに叫ぶと、歩みを速める。ツノの欠けた後ろ姿はあまりにお労しく、思わず涙してしまう。

……駄目よ、ウルリーカ。今、一番お辛いのはお嬢様。お嬢様を支える身として、平静を取り戻しなさい。

私はお嬢様の背中を付かず離れず追う。そして、お嬢様のお部屋の前で、やっと震えなくなった口を開いた。

「……お嬢様、どうか私にお教えください、一体何があったのか。私が全力で対応に」

「黙れ！！！」

お嬢様が私を殴りつける。しかし、いつもと比べて明らかに弱々しい。

そしてお嬢様は「絶対に入るな‼」と叫ぶと、扉を勢いよく閉めた。

私は、お嬢様の部屋の扉に、ピタリと耳をつける。ぐすぐすと、鼻をすする音が聞こえた。

……お嬢様が泣いておられる。ご主人様が亡くなった時でも、気丈に涙を堪えた、あのお嬢様が……。

私は踵を返し、階段を降りて、中庭に出た。両前脚が折れた火龍は、力のない目で私を見る
……この火龍、やはりお嬢様の魔力の残り香がある。

私は火龍の胴体に触れ、お嬢様の術式を読み解き、辿った。元は……盾。所有者がいたと見て間違いない。

この火龍を触媒にすれば、持ち主を召喚することができる。それを陵辱すれば……いえ、盾を奪われるような戦士が、お嬢様の角を折ることができるとは思えない。

しかし、関係がないと、言い難いのも事実。

……今は、召喚せずに、泳がしたほうが懸命ね。問題は、誰が人間界に出向き、この盾の持ち主を監視するか。

結界など無視して私が出向くことも考えたが、今のお嬢様を一人にするわけにはいかないわ。

この火龍は今、お嬢様の支配下にあるので、私の勝手で動かせないし、結界に対応もできない。となると……。

「頼むわ、ポチ。この火龍の持ち主を捜してきて」

「ワン！」

ポチは火龍をクンクンと嗅ぐ。そして、小さな翼をバタバタはためかせ、火龍以上のスピードで天高く消えていった。

「……さて」

私は私で、準備をしなくちゃね。

……その昔、魔族の女は、嫁ぐ際、自分の角を折って夫に差し出す、という風習があったらしい。

それが魔族の女にとって、夫に純潔を捧げるに等しい行為で、未婚でありながら片角の女は、貰い手がつかず、娼婦になるほかなかったほどだ。

今ではその文化こそなくなったが、影響自体は色濃く残っている。角を折られるということは、私たち魔族の女にとって、未だ純潔を奪われることと同じこと……。

お嬢様が不覚を取るなど想像できない。しかし、万が一、お嬢様の角が、誰かに折られたのだとしたら……お嬢様の純潔が、どこぞの馬の骨ともわからないものに、奪われたとしたら……。

「ふふ、絶対に、絶対に許さないわ」

潰された左目が疼く。私は、はしたなく歪んだ表情を取り繕って、火龍の頭を撫でた。

《了》

特別収録　リアがティントを見捨てた理由。

私、リア・ファーデナントは、獣人。しかも、兎の獣人だ。

この国の人間なら、このことが何を意味するのかすぐにわかると思う。

現帝王様が、人間は皆同位、人種による差別は許さないと宣言するまで、獣人は汚らわしい獣の血の流れている種族だと、この国では人間として扱われていなかった。

そして、帝王様の宣言後何十年経っても、獣人に対する差別感情を持つ人は決して少なくないと肌で感じる。獣人が多いこの街、リギアでさえそうだから、田舎なんかはもっと酷いんだろう。

そんな獣人の中でも、私たち兎の獣人、兎人は、様々な感情を孕んだ目で見られる。

なぜなら、兎の獣人は……万年発情期、らしい。

根拠は、兎が万年発情期だから、その血の流れる兎人も万年発情期だろうっていう、拙いものらしい。

でも、その拙い理屈を、昔からみんな信じてる。そしてその流れで、私たち兎の獣人は、万年発情していて、毎日のように性行為を求め、いつの間にか子供をいっぱい産んでいる下品な連中だ、という通説が、根強くなってしまったんだ。

もちろん実際は、そんな兎人ばかりじゃない。一人の人をちゃんと愛し、計画性を持って子供を産み、幸せな家庭を築いている人だってたくさんいる。

逆に、ヒューマンやドワーフだって、私から見れば万年発情期だし、高潔で性的なことに興味のない種族と言われるエルフに、胸をジロジロ見られたことだってある。確かに兎人の夫婦は子宝に恵まれている場合が多いけど、そんなの獣人みんなそうだ。

なのに、兎人だけが『性にだらしなく淫乱』と言われるのは、あまりに理不尽だと思う。

……思う、けど、私は兎人に対する侮蔑を聞いた時、そうやって声高に反論することができないでいた。

なぜなら私の両親は、残念ながらこの通説通りの人だからだ。

※

まだ、私が手のかかる子供だった頃は、美人でおしとやかなママと、真面目で優しいパパだった。私はそんな両親の期待に応えたくって、それなりにお利口な子として頑張っていたと思う。

そんな私に、ある日ママはこう言った。今思えば、少し様子がおかしかったように思う。

「……ねぇ、リアは、妹か弟できたら、嬉しい？」

「うん！」

私はその当時は本気で妹か弟が欲しかったから、なんなら「お願いだから妹がいい！」くらいのこと、言ったかもしれない。

その日の夜は、怖かった。獣のような声に目覚め、その声を頼りに別室を覗くと、両親がお互いを激しく貪りあっていたのだ。その光景はあまりに醜くって、今でも時折思い出して震えてしまう。

それから、両親は無責任に子供を増やしていった。そして、その子供のお世話を長女の私に任せて、また獣みたいに求めあった。そんな両親をぶん殴ってやりたかったけど、気弱な私には、とてもじゃないができなかった。

パパは決して高級取りではなかった。そんな中たくさん生まれていく妹達は、家計を逼迫していく。家賃が払えない日々が続き、ついに強制退去させられることになった。

そして私たちは、貧民街に引っ越すことになった。

性欲を抑えきれず、なんの計画性もなく馬鹿みたいに子供を産み、周りを不幸にしながら貧民街に堕ちてきた兎人。

皆が思う、典型的で見下すべき兎人の家族は、貧民街の中でも下の下の存在。貧民街の人々は見下されるのに慣れていて、人を見下す快感に慣れていない。

だから、私は貧民街の子供たち……特に男の子から、私が兎人であることを絡めて、よくいじめられていた。

※

貧民街の生活にも慣れつつあったある日、家族のために、なけなしのお金で家族の食料を買ってきた帰りのことだった。

妹たちは私と買い物に来たがったが、私は毎回何か理由をつけて、絶対に断っていた。

「よう、リア」

私がいじめられているところを妹たちに見られたくないし、巻き込むなんてもってのほかだからだ。

ニタニタ品のない笑みを浮かべ、私の進行方向に邪魔するように立つその男の子の名前は、ニム。私よりも年上で、ふくよかなヒューマンの男の子だった。

彼は私たちが住む地区の地主の子供で、貧民街をぶらついては、目についた子供達に意地悪なことをするので、貧民街の子は皆彼を恐れていた。

後ろには、そんな彼の手下の獣人の子達が、ニタニタ獣の顔をいやらしくひん曲げている。

私は同族からも見下される存在なんだと、暗い気持ちになる。

すると、ニムが私の胸のあたりをジロジロ舐めるように見た。

「なあ、お前の母ちゃん、売春婦なんだろ？　お前も売春婦になんのか？」

「っ……」

私が怖くてただ震えているると、ニムは態とらしくしかめっ面を作った。

「お前、客相手にそんな態度とったら、即クビだぞ。仕方ねぇから俺が教育してやんよ……おら、とっとと服脱げよ！」

獣人の私は早熟で、同年代の女の子よりも早くに胸が膨らんだ。そのせいで、いじめはいじめでも、こういうふうないじめをされることが多い。

彼らが私を見る目は、あの日のパパとママの目にそっくりだった。性欲にまみれた、汚らしい獣の目。

なんでこんな子たちが人間扱いで、私が獣として扱われなくてはいけないんだろう……。

「おらっ、とっとと脱げって！　……なんなら、オレが手伝ってやろうか？」

「っ！」

太った男の子の丸々とした手が、私の胸を鷲掴みにする。痛くて悲鳴をあげると、ニムはニヤリと笑って、「兎人はこういうのが気持ちいいんだろ？」と、太い指を乱暴に動かした。

……気持ち、悪いっ。

「……やっ、やめてっ」

「お？　何嫌がってんだよ。兎人のくせに」

身をよじって抵抗すると、ニムは苛立ちに顔を歪め、私の服をそのまま引っ張った。ボロボロのワンピースの胸元が、簡単に裂ける。

「きゃぁ!?」

胸元を抑えて屈むと、ケタケタという嘲笑が、上から降ってくる。

すごく恥ずかしくて、惨めで、今すぐ消え去ってしまいたくなった。

でも、同時に、最近こんなことばっかりだったから、どこかこんな屈辱に慣れ切ってしまっている自分がいて、それがまた情けなくて、辛い。

……耐えよう。このままじっとしてたら、いつかニムたちは飽きて、帰ってくれるはずだ。それまで、耐えて、耐えて……。

一体、いつまで耐えなくちゃいけないんだろう。

フッと身体から力が抜けて、我慢しようと思っていた涙が、こぼれ落ちた。ニムたちがそれに気づいて、やーいやーいとからかいの声を上げる。ああ、死にたいなぁ。

「おい！　何をしてるんだ！」

「……あ？」

その時、正義感に溢れた声が聞こえ、ニムが顔をあげる。てっきり、救いのないこの状況に、私が聞いた幻聴だと思ったから、驚いて私も顔を上げてしまう。

夕暮れのオレンジ色に染まりながら、こちらに走ってくる小さな人影。

……うん、彼の頭は、夕暮れと関係なく綺麗なオレンジ色だ。瞳もオレンジ色で、その目は正義に燃えている。

……この子、知ってる。話したことはないけど、目立つ見た目だから。確か、名前は……ティント、くん。

そのオレンジ頭の少年、ティントくんは、私とニムの間に立つと、私を庇うように両手を広げた。

「ニム、女の子をいじめるなんて最低だぞ！　辞めろ！」

「……ああ、お前、あの頭のおかしな親父のところの……ティントだったか」

そう言い終わるか否かで、ニムはティントくんを思いっきり殴りつけた。嫌な音がして、ティントくんの身体がぐらりと揺れる。

あ、倒れる……と思ったら、ティントくんは寸前のところで踏みとどまった。

そして、再び両手を広げ、ニムの前に立ちふさがった。

「……なんだてめぇ、殴り甲斐がありそうだな」

ニムの目に狂気が宿る。私が思わず「ひっ」と悲鳴をあげると、ティントくんがこちらを振り返り、切れた唇で笑った。

「……大丈夫。どれだけ殴られても、俺は倒れないから。守るよ、君のこと」

「っ！」

ばくん、と心臓が跳ねた。

「……お前みたいなヒーロー気取りが、一番ムカつくんだよ！」

それから、縦も横も一回りは大きいニムに、ティントくんは殴られ続けた。

でも、ティントくんは反撃のそぶりさえ見せなかった。殴り返したら、ニムは大人を引き連れて復讐に来る。それも、ティントくんや私だけじゃなくって、家族にも危害を加えるって、わかっているからだ。

「……ちっ、もういい！　お前みたいな貧民のガキは、兎人の売女がお似合いだぜ！」

やがてニムは肩で息をしながらそう言って、自分の拳をいたそうにさすりながら、子分の獣人たちを引き連れ去って行った。

彼らの姿が曲がり角に消えた途端、操り人形の糸が切れたみたいに、ティントくんの身体の力がフッと抜けた。そして、なんの受け身も取らずに、ばたりと勢いよく仰向けに倒れた。

「……だっ、大丈夫!?」

慌ててティントくんの横に座って、頭を揺らさないようゆっくり持ち上げて、私の膝の上に乗せる。

さっきまで女の子みたいに綺麗な顔立ちをしていたのに、ティントくんの顔には、いくつもの青あざができていて、片方の目は開くこともできそうにないくらい腫れ上がってしまっている。

あまりに痛々しいその姿に、じんじんと胸が痛んだ。

「……ご、ごめん、なさい、私のせいで、こんな……」

「ああ、大丈夫、大丈夫……あんな最低なやつのパンチ、全然、効かなかった、から……」

絶対に痛いはずなのに、ティントくんは涙も流さずこう言った。痛みしか感じないはずの胸の内に、ほんの少しの喜びが生まれてしまう。

だって、私なんかを守るために、ここまで体を張ってくれる人が現れるなんて、思っても見なかったから……でも今は、喜んでいる場合じゃない。

私は顎を使って破れた胸元を押さえながら、両手を使ってワンピースの端っこを破る。そして、その切れ端で、ティントの血に汚れた顔を拭いた。

ティントが痛みに声をあげるから、なるべくそっとしたかったけど、切れ端越しでも男性に触れていることに緊張して、何度も強くしてしまう。私は何度も謝りながら、痛がるティントくんの顔を拭いた。

ワンピースの切れ端は、真っ赤に染まった。ものすごく気持ち悪いことだってわかっているけど、私はこの切れ端を、一生の宝物にしようと誓ってしまった。

「あ、ありがとう……ごめんね、汚しちゃって」

そして、ティントにお礼を言われて初めて、自分がお礼を言っていないことに気がつく。私は慌てて頭を下げた。

「ほっ、本当にありがとうございます！　私みたいなの、守ってくれて」

「ううん、いいっていいって」

オレンジ頭の男の子は、まるで当然のことをしたみたいな態度だ。心臓の高鳴りが止まらなくって、どうしても聞きたくなってしまう。

「そ、その……なんで、助けてくれたんですか？」

「……えっと、うーん」

ティントくんが、傷だらけの顔を困ったように歪める。瞬間、猛烈な後悔に襲われた。

そうだ、私みたいな底辺の兎人を守る理由なんて、決まっている。

ティントみたいに身体を張って守ってくれた人は一人もいないけど、私にやけに優しくしよだった。

うとする人は、数人いた。その人たちは大の大人のくせに、私を見る目は、やっぱり獣みたい
　兎人の私と積極的に関わろうとする人なんて、そんなのばっかりだ。そのせいで、今ティン
トくんがやらしいことを考えたら、きっと私はそれを感じとっちゃう。

　ティントくんのそんな姿を見るのが嫌で、私はつい自分から言ってしまった。

「ご、ごめんなさい。私が兎人だからだよねっ」

「……ん？」

　すると、ティントくんが不思議そうな顔をする。そして、痛みに声をあげながらも、こう
言った。

「ごめん、その、君が兎人っていうのは、分かるんだけど……兎人っていうのは、何かこう、
助けなくちゃいけないルールとか、あるのか？」

「……っ」

　嘘をついているようには、見えない。

　……ティントくん、知らないんだ。兎人が、万年発情期、とか。

「そっ、それじゃあ、なんで？」

　自分の声が、明らかに期待しちゃっているのがわかる。でも、仕方ない。もしかしたらティ
ントくんは、私の人生を変えてくれるかもしれないんだから。

　ティントくんは、さらに難しそうな顔をした。そして、その表情そのまま、ひねり出すよう

にこう言った。

「君を助けたいって、思ったから……なのかな。ごめん、答えになってないよね」

そして彼は、にへらと純朴な笑みを浮かべ、すぐに「いたた」と顔を歪めた。

この瞬間、私は恋に落ちた。

顔が日焼けしたみたいにひりひり熱くなって、兎の耳がピクピク震えてしまう。恥ずかしくって、今すぐ脱兎のごとく逃げ出したかった。

もちろん、私を身を呈して守ってくれたティントくんをおいて、そんなことはできないし、今そんなことしたら、ティントくんの頭が地面に打ち付けられちゃう……ていうか、私、ティントくんに膝枕してる⁉　そんなこと簡単にしちゃう変な子って思われちゃったかな⁉

すると、ティントくんが悲鳴をあげながら私の膝から起き上がった。安心したのもつかの間、ティントくんの顔が近づいてきて、ドキッと心臓が高鳴る。

「俺はティント。君は？」

「……リ、リア、です」

「リア……いい、名前だね」

「つっっ」

どう考えてもただのお世辞だけど、それが、とんでもなく嬉しい。

「リア、もしまたあいつらに変なことされたら、俺が守るから……だから、安心して」

「……あっ、ありがとうっ、ございましゅっ」

心臓がぴょんぴょん飛び跳ねる。こんな短い時間だけど、この人に恋をしてよかったって、心の底から思えた。

そのあと、ちょっとした沈黙があった。守ってもらえるだけでも本当にありがたいのに、急に欲張りになってしまった私は、いじめられてない時でもティントくんと一緒にいたいと思ってしまった。

だから、「友達になってください」って、言いたいけど、会って数十分でそれは変かなって口をもごもごさせていると、

「そろそろ夜になるから、俺、帰るね」

「あっ……」

ティントくんがそう言って、うめき声をあげながら立ち上がってしまった。さっきは逃げ出したいって思ったのに、今は離れたくないって思ってしまう。

そんな感情が抑え切れず、私はつい、ティントくんの手を両手でつかんでしまった。

ティントくんは驚いたように私のほうを振り向いた……と思ったら、すぐに気まずそうに顔をそらす。え、嫌われちゃった？　そうだよ、ティントくんは怪我しているのに、自分の気持ちを優先して引き止めるなんて、私、わがまますぎる……。

急いで手を離すと、ティントくんは、こちらを見ないまま私の胸のあたりを指差した。

「リ、リア、その……胸元が」

「……きゃぁっ！？！？！？」

そうだっ、私っ、ティントくんの手を掴んだ時、胸元離しちゃってた!?

私は大慌てで胸元を押さえた。恥ずかしさに固まって、いやらしい女に思われたんじゃって不安になって、恐る恐るティントくんのほうを見る。

すると、ティントくんはいきなり上着を脱ぎ始めた。そして、私が変なことを考える前に、その上着を私に差し出した。

「その、これ、着ていいよ」

「え、あ、うん、ありがとうございます」

そして、ティントは上半身裸のまま、夕暮れをバックに去っていった。

私は、ティントからもらった上着を着た。顔を埋めると太陽の匂いがして、あのオレンジ色にぴったりだと思った。

一生の宝物が二つになっちゃった……あ、こっちは、洗って返さなきゃ駄目かぁ。残念、だけど、会う理由ができた。嬉しい。

私はティントくんの背中が消えるまで見送ってから、るんるんスキップで家に帰った。その途中で買った食材を置いていってしまったことに気がつき、急ぎ足で取りに戻った時には、買い物袋は消え去っていた。

当然、家族からは総スカンだ。それでも全然悲しくなかった。それどころか明日がくるのが本当に楽しみで、そんなのは貧民街に来てから初めてのことだった。

※

その日から、私は何かあればティントの後についていくようになった。そのせいでティントは街の男の子に「兎人と仲がいいなんて変態だ!」と揶揄われて、兎人が世間でどんな風に思われているかも、その流れで知ってしまった。

それでも、ティントの私への態度は、あの日から全然変わらなかった。私を避けることも、変に優しくなることもない。ずっと自然体のまま、私と一緒にいてくれた。

そんな性格のいい男の子は貧民街にティントだけで、他の男の子は変わらず私をいじめようとした。その度にティントは、私をあの日のように守ってくれた。

そんなことが繰り返されるうちに、ティントも喧嘩慣れして来て、一対一じゃ負けたりしなかった。けど、結局最後は数の力で押し切られ、毎回やられてしまっていた。非力で臆病な私は、そんなティントの後ろで、ただただ震えながらうずくまっているだけだった。

ティントが殴られる原因は、私にある。でも、ティントは私を責めることなんて一回もなかった。そんなティントのことを、私はますます大好きになっていった。

男の子としてだけじゃなくって、人としても、私はティントのことが好きだった。

ティントはお母さんがいなくて、お父さんもちょっと変な人で、家庭環境がいいとは言えない。でも、そのことに文句ひとつ言わず、それどころか子供なのに、ティントのお父さんの仕事のお手伝いをして、家計を支えていた。

それがすごく大人でかっこよくって、私もそうしなきゃって思った。私もティントと一緒に働いてみたかったけど、力作業だったから非力な私には無理だった。

だから私は、兎人の脚を生かして配達業についた。大きな帽子を被って毎日のように駆けずり回って、ポストに手紙を入れる。人と接する時間が少ないから、私としてはすごく楽だ。

でも、昔住んでいたところに行くのは、ちょっと嫌だ。貧民街に来る前、私と仲良くしてくれていた女の子が、私のこんなの現状を見ちゃったら、きっと悲しんじゃうだろうから。

その子には信じてもらえないかもしれないけど、悲しむことなんて、何一つない。

だって私は、たとえ貧民街で人生を終えたって、ずっとティントと一緒にいれるならそれで幸せだからだ。それくらい愛せる人を見つけられたんだから、それ以上、何も望んだりしない。

……ううん、正直にいうと、結婚はしたいなって思う。

私とティントは、あと少しで十三歳になる。そしたらもう結婚できる歳だから、否が応でも意識してしまう。

でも、ティントは、全然そんなつもりない。

私が守られてばかりなせいか、ティントは私を同い年の妹としてしか見てないように思う。

私の身体はティントと出会った時よりも成長して、ほかの男の人に変な目で見られる回数は増えたけど、ティントだけはそういう目で私を見たりしない。

……もちろん、私はママみたいにいやらしい女じゃないから、そういう目で見られたいわけじゃない。でも、ある程度女性として意識してもらえないと、結婚なんて夢のまた夢だ。

そこで考えたのが、ティントに告白する、というものだ。現段階でどれだけ意識してなくたって、告白されたら流石のティントもそうはいかないはずだ。

フラれちゃうのは怖い。けど、フラれても、それでティントが、私のことを避けたりなんかは絶対にしないのは確信してる。だから、疎遠になっちゃうっていう心配は、しなくていい。

もし、もし告白するとしたら、私が十三歳になった時がいいなって思っている。もしかしたら、そのまま結婚なんて……流石に都合が良すぎる、けど、期待しちゃうなぁ。


そして、私が十三歳になった時、ティントのお父さんが亡くなった。


ティントのお父さんは冒険者に転職して、冒険者ギルドで募った仲間と一緒に冒険をしていた。その最中、スライムに足を滑らせて後頭部を強打し、亡くなってしまったという。

葬式には、冒険者仲間と、ティントのお父さんが土木作業に勤めていた頃の同僚の人たちが来た。今どこにいるのかもわからないティントのお母さんは、最後まで姿を見せなかった。

……本当に正直になると、私の中には後ろ暗い喜びがあった。

私なんかと仲良くしていたせいで、ティントに友達と言えるのは私だけ。お父さんがいなくなった今、ティントには、私くらいしか頼れる人がいなくなった。

……このまま、ずっと二人でいれたらいいいな。

「……俺、冒険者になるよ」

「……えっ」

だからティントが、お父さんのお墓に花を添えた後こんなことを言った時、すごく嫌だった。

「な、なんで冒険者!?　ティントだったら、もっといい仕事につけるよ！」

「……一応、あんなのでも父親だし、遺言くらい守ってやろうかって思ってさ」

ティントはそう言うと、気丈に笑ってみせる。

もちろん私はそんな危険な仕事なんてして欲しくなかった。でも、ティントの暗い瞳の中に差す一筋の光を見ると、私がどれだけ止めても、ティントは冒険者になっちゃうだろうってことがわかった。

「わっ、私もっ」

ならば、私がすべきことは決まってる。私はティントとずっと一緒にいたいんだ。

「私もっ、冒険者に、なる！」

「えっ!?」

ティントが驚いて私の顔を見る。

「……む、無理だよ。リアは優しいんだから、冒険者になんてなれないよ。実際、魔物とか殺せないだろ？」

「そ、それを言ったらティントだって！　絶対に無理だよ！」

ティントは、とても優しい男の子だ。私たちをいじめてきた男の子が泣いただけで、反撃をやめてしまう。

もし私にティントの腕力と勇気があったら、あんな連中がどれだけ泣いたって、なんの躊躇もなく殴りつけると思う。だから、私なんかよりティントのほうが、よっぽど優しい。

「……う」

ティントにも、その自覚はあるんだと思う。口をもごもごさせて俯いたけど、やっぱりその瞳に迷いは生まれない。

「……とにかく、絶対についていくね。私だって、冒険者になって、こんな生活から抜け出したいし」

「……そうか。そうだよな」

そして、ティントは顔を上げて、「ありがとう、リア」と微笑んだ。私も微笑み返して、告白はもう少し先延ばしにしようと思った。

※

とはいっても、冒険者になれるかどうかは、まだわからない。

冒険者になるには、『花冠の儀式』という冒険者ギルドとエステル教が合同で行う儀式で、エステル様から選ばれないといけない。元から持っている資質と、花冠の儀式を受けるまでの修練を基準に選ばれるようだ。

貴族やお金持ちの子達なんかは、『リギア冒険者育成学院』という、冒険者になるための学校にわざわざ通ってから、『花冠の儀式』を受けるらしい。もちろん普通の学校にさえ通えない私たちには、縁のない場所だ。

でも、ティントはそんな子達を差し置いて、絶対に選ばれちゃう。ひとまわりも大きい相手に勇敢に立ち向かう私の救世主様が、選ばれないわけがない。

問題は、私だ。絶対についていく、なんて言っておいて、冒険者になれなかったら最悪だ。

もし今回冒険者になれなかったら、次の『花冠の儀式』まで一年待たないといけなくなる。その間に、私という枷を失ったティントは、いろんな人と仲良くなって……恋人も、できるかもしれない。

私に冒険者の素質があるとは、全く思えない。だけど、一つだけ有利な点があるとしたら、『花冠の儀式』で私たちに加護を与えるエステル様は、女神様……つまり、女性だ。

『花冠の儀式』によって、ティントと一緒にいられなくなったら……私は、きっと女神様を怨んでしまう。女神様も女性なら、女の怨恨の怖さを知っているはずだ。

そして、『花冠の儀式』当日。

中央街にある大聖堂が、『花冠の儀式』を受ける会場だった。そこには多種多様な人種や身なりの人がいて、私みたいな貧民の格好をした兎人でも、そこまで目立たなかった。

そんな集団の中で一際目立っていたのが、《勇者の娘（ブレイヴ・ドーターズ）》のアイタナだった。彼女はその二つ名の通り、勇者ベルンハルドの娘で、まだ冒険者になってもいないのに、すでにＳ級パーティ入団が内定しているらしい。

私は冒険者に興味がないから、その凄さがいまいちわからない。でも、彼女が注目を集めるもう一つの理由なら、わかる。

彼女はエルフとのハーフで、私が今まで見たどんな女性よりも綺麗だった。そして、身体のほうも、私よりも女性的だ。なのに、彼女に注がれるのは、男女問わず憧れの視線ばかりだった。私とは大違いで、劣等感にじくりと胸が痛む。

「……リア、緊張しなくても大丈夫。きっと通過できるよ」

「……うん」

そんな魅力的な女性がいるにもかかわらず、ティントは私のことを心配してくれる……ああ、離れたくないなぁ。

司教様は、少し遅れてやって来た。司教様が言うには、今から女神様に祈りを捧げ、私たちから『祝福の書』が生まれたら、冒険者に選ばれた、ということらしい。

生まれたら、という表現に違和感を覚えたけど、数分後、確かにその表現通りだな、と思った。

「！」

私の胸のあたりがピカリと青白く光って、そのからずるりと『祝福の書』が出てきたのだった。

「リア……やったな！」

私の隣で、同じように『祝福の書』を生み出したティントが、太陽のような笑みを浮かべて私を見た。

私は、嬉しいというより、まずはホッとした。そして、ティントと離れないで済むと思ったら、鼻の奥がツンとなった。

そんな私を見たティントは、「そ、そんなに冒険者になりたかったのか？」とびっくりしていた。もう、そんなわけないのに……。

でも、そうやって感動に浸れるのも、束の間のことだった。

ティントの初期ステータスが、十三歳のヒューマンの平均を上回っていたのだ。

特に耐久力の値はすごかった。きっと、私を守るために殴られ続けてくれたせいだと思う。

初期ステータスは、もともとの才能に加え、『花冠の儀式』を受けるまでの訓練で決まると言われている。

そして、十三歳になるまでの訓練が、冒険者になってレベルアップするときのステータスの伸びに関わってくる、らしい。リギア冒険者育成学院が繁盛している理由の一つだ。

もちろん才能も、ステータスの伸び率に関係する。だから、十三歳時点の初期ステータスをみれば、今後のステータスの伸び率が大体予想がつくらしい。

十三歳という成長期に冒険者になって、しかも鍛えにくい〝耐久力〟のステータスが高いティントは、将来有望な冒険者ってことだ。

「リア、マジですごいよ！」

でも、ティントは自分のステータスが貴族並みだったことなど気にも留めず、私の中から出てきた冒険者手帳の魔法の欄に、【うさぎの餅つき(ラビット・ライス・ケーキ)】と書かれていたことを喜んでくれた。

【うさぎの餅つき(ラビット・ライス・ケーキ)】。解説を読んでもいまいち意味のわからない魔法だったけど、とにかく回復魔法らしい。

そんな魔法名が魔法の欄に書かれている、ということは、つまり、私は『魔法使い』だったのだ……これには、本人の私もびっくりした。

でも、聞くところによると、こういうことは結構あるらしい。貴族は毎年のように占いによって魔法が出現してないか確認するらしいけど、庶民にはそんなお金はない。

そういう庶民出身者が、冒険者になったときに初めて、自分が『魔法使い』だと気がついたりするのだ。

でも、普通は暮らしの中で勝手に魔法が発動し、気づくのが普通だ。なんで回復魔法なんて便利なものを持ってながら、傷ついてるティントのことを癒して上げられなかったんだろう。

それに、回復魔法を持っていること自体、あまり嬉しくなかった。

「なあなあ、俺と組んでくれよ！」

「待って、私魔法持ちよ！　私と組んで！」

私たちは今、新米冒険者たちに囲まれていた。

聖堂を出ると、新米冒険者たちがお互いの『祝福の書』を見せ合っていた。ティントもその輪に加わってしまったせいで、私たちのスペックはすぐに広まってしまった。

初期ステータスが貴族並みによかったティント。そして、ステータスこそ高くないけど、回復魔法を持っている私。新米冒険者が組む相手としては、それなりに好条件なんだろう。

冒険者を志すような人たちだからか、私に対する偏見の目もあまりないように思う。ティントはそんな様子を感じ取って、嬉しそうに私を見てきた。

……断ってほしいな。

当然、私はそう思った。たとえそれで冒険者稼業がうまくいかず、貧乏暮らしのままでもいい。ティントと一緒にいれたら、私はそれだけでいいもん……。

その時、私たちを囲う冒険者の壁がパクリと割れた。

「君たち、僕と組まないか？」

流石にびっくりした。私たちにそう言い放った青髪の騎士は、世間に明るくない私でも知っているくらいの有名人。知名度だけで言ったら、アイタナさんといい勝負だと思う。

サヴァン・ウォーハイル。この国の有力貴族、七光貴族のうちの一つに数えられるウォーハイル家の長男だ。

「僕はサヴァン・ウォーハイル。これだけで自己紹介は十分だろう？」

サヴァンさんはなぜか高圧的に言うと、ふんと鼻を鳴らす。まさしく貴族って感じの、すごく偉そうな人だ。

私とティントは顔を見合わせる。私たちくらいの関係だったら、目と目でお互いの言いたいことはだいたいわかってしまう。

代表して、ティントがサヴァンさんに言ってくれる。

「え、でも、君くらいの人だったら、S級パーティに入団できるんじゃないのか？」

「……それは、父に禁止されている。実力が足りない段階でS級パーティに入団し、成長期をパーティの端役として過ごすより、自分でパーティを作り、そこで中心となって経験値を得たほうがいいということでな」

「なるほど……でも、俺たち、ただの平民だけど、いいのか？」

そう、こんな有名な貴族が、なんで私たちと組みたがるんだろう。貴族のお仲間は、いっぱいいると思うけど。

サヴァンはというと、やれやれといった様子で肩を竦める。

「地位や人種で人を分けるなど、愚か者のすることだ。僕は実力においてのみ、人を評価する。君たちは、初期ステータスが高く戦士に向いているものと、回復魔法持ちだと聞いた。そこらへんのクズ貴族どもよりも、いくらかはいい」

サヴァンさんはちらりと後ろを振り返り、キャッキャと盛り上がっている、私たちとは身なりの違う一団に侮蔑の視線を送った。

この人が普通の貴族じゃないってことはわかった……私にとっては、すごく嫌な展開だ。

「……そう言ってもらえると、嬉しいね」

その言葉通り、ティントはかなり嬉しそうで、高揚しているのがわかる。ついさっきまでただの貧民だったのに、今や有力貴族に認められているんだから、まさに冒険者ドリームだもんね、けど……。

ティントのほうをちらりと見ると、目が合った。その目は『組みたい』って言っている……

私は頷くしかなかった。

「俺はティント。よろしく頼む」

そして、ティントはサヴァンさんに手を差し出してしまう。その顔は希望に満ちていて、私には一切見せない顔だ。ジクリと胸が痛む。

そうだよね。サヴァンさんは有力貴族だし、冒険者としても優秀なはずだ。だってサヴァンさんのお父さんは、確か戦争で大きな戦果をあげて、今の地位にいるくらい強い人だもん。

だからきっと、このパーティは成功しちゃう。

それでティントが幸せになってるとこ、見るの嫌だな。私は、ティントがいるだけで幸せなのに……。

私は不埒な考えを吹き飛ばすためブンブン首を振る。私だって美味しいご飯が食べられたり、妹たちと遊んだりする時間が、幸せだったりするんだ。それなのに、ティントには私以外で幸せになって欲しくないなんて、ほんとわがままにもほどがある。

それに、ティントが今より幸せになったからって、私から離れていくなんてこと、ないもんね。ティントがいなくちゃ不幸になっちゃう私を、優しいティントは放っておけないに決まっているから。

すると、会話が途切れた二人が、私のほうを見た。私は仕方なく「……リアです」と、サヴァンさんに手を差し出した。

※

とりあえず、私たち三人でパーティを作ることになった。パーティの名前は『サヴァン団』。かなりかっこ悪いし、自分の名前を入れることを当然と思っている態度にちょっと引いたけど、ティントの『トリプルケルベロス』よりはまだマシだから、仕方がない。

他の団員は、今の所入れる予定はないらしく、とりあえずホッとする。ティントは、ちょっと残念そうだったけど。

そして次の日、私たちはリギアで一番大きな武具屋に集合することになった。

これから冒険するにあたって、すでに立派な装備をしているサヴァンさんはともかく、私とティントは装備を揃えなくちゃいけないからだ。

「……お前、本当にその盾を装備したまま、ここに入るつもりか」

サヴァンさんは来るなり、ティントに冷たい視線を投げかける。

「ああ、これでも一応、親父の形見だからな。それに、こうやって見たら本当に『火龍の盾』に見えないか？」

ティントは、左腕につけた盾を掲げる。サヴァンさんは鼻で笑った。

「ふん、僕のような教養のある人間には、ただの粗悪品にしか見えんがな。そんな装備をしている男が僕のそばにいると、僕の品性まで疑われてしまう。今日買い換えろ」

「……ははは、気に入ってるんだけどな、これ」

ティントは苦笑いをした。気に入っているっていうのは、道中の恥ずかしそうな顔をみれば嘘ってわかるし、言ってもお父さんの形見の一つだから、本当は家で大切に置いておきたいはずだ。

貴族のサヴァンさんには、お金のない貧民の感覚がわからないんだろう……私も配達業で稼いだお金があるけど、家族のためにも全部使うことはできないし。

すると、私たちの空気で察したのか、サヴァンさんが「ああ」と眉根をあげる。

「そういえばお前たちは貧民だったな……仕方がない、とりあえず僕が貸してやる」

「ええ!?　いいのか!?　サヴァン、めちゃくちゃ太っ腹だな」

ティントが言うと、サヴァンさんはツンと顔をそっぽに向ける。

「ちゃんと稼ぎから返してもらうぞ。メンバーとはいえ、そこをうやむやにしたくない」

「もちろん、わかってるよ！」

ティントがあまりに嬉しそうで、心がチクチクしてしまう。すると、一転ティントが心配そうに私のほうを見てくれたので、多少の喜びを感じながらも、「サヴァンさん、ありがとうございます」と笑顔を取り繕った。

店に入ると、女性の店員さんがサヴァンさんを見るなり、媚びた笑みを浮かべて駆け寄って来た。

「彼らに武具を一式揃えたい」

サヴァンさんがそう言うと、女性の店員さんは喜色満面で頷いて、私たちをピッタリマークしながら、店内を案内して回った。そこで店員さんにおすすめされる装備はどれも高額で、ティントの上がったテンションは、みるみるうちに下がって行く。

そうだよね、これ、手紙を何回配達したら稼げるんだろうって金額だ。こんなお金を稼いでいる自分が、全くもって想像できない。

「……そ、それじゃ、俺はこれでいいかな」

ティントが選んだのは、初級者向けの防具一式と、魔物の解体にも使えるらしい中型のナイフだった。「盾はやっぱりこれが気に入ってるからいいや」と、早口で続ける。

この武具屋では格安と言える武具を選択したティントに、店員さんがピクピク頬を震わせる。ティントは気まずそうに店員さんをちらりと見てから、ぽりぽり頬を掻いた。

「結局、今の段階でそんないい装備したって扱いきれないしな。今の俺にはこんくらいがちょうどいいよ」

ティントが言うと、サヴァンさんは「ふん、懸命な判断だな」と頷く。正直、かなりわかりやすい言い訳だったと思うけど、納得してくれたみたいだ。

私は、どうしようかな。まずは値段だけど、魔法のこともあるし……。

「リアの装備は、兎っぽいのにするんだっけ」

「あ、うん」

「兎？　なんだそれは？」

サヴァンが首をひねる。そうだ、サヴァンくんにはまだ伝えていなかった。

「いや、リアの魔法の【うさぎの餅つき（ラビッツ・ライス・ケーキ）】って兎みたいな格好をしたら効果が上がるんだって。変わってるよな」

「……ならばそのような装備を選ばない手はないな。頼めるか？」

サヴァンが店員さんに言うと、店員さんはにっこり笑顔で応える。嫌な予感がした。

兎っぽい、となると、白のふわふわした装備、って感じになると思うけど、そういう事情を知らない人からしたら、あざといって思われちゃうだろう。それに、毛皮を使っているなら、値段だってすごいことになっちゃうだろうし……。

「お客様、こちらなどいかがでしょう！」

「……え？」

店員さんが持ってきたのは、肩や足、胸の谷間まで丸出しになるような、黒のテラテラしたレオタードと、私の頭についているのよりもふわふわのうさ耳だった。

「……こっ、これ、は？」

「バニーガールです！」

私が震える口で聞くと、店員さんはにっこり営業スマイルで答える。

私とティントは、顔を見合わせる。

バニーガールって……あの、賭け事とかするところで働いてる人だよね？　え、全然兎じゃなくない？　ちゃんと労働者だよね？

「ずいぶんと軽装に見えるが？」

「はい！　なので初心者の方でも装備しやすく、かつこの防具の加護に〝耐久力＋３０〟がありますので、機能性も十分です！」

「それじゃあそれを頼む」

「さ、サヴァンさん!?」

私が叫ぶと、サヴァンさんは眉をひそめる。

「なんだ？　兎っぽいのがいいんだろ？」

「い、いや、これ、全然兎っぽくないですよ!?」

「そうか？　耳があるだろ」

「いや、それは自前のがありますから！　むしろ四本になっちゃってうさぎから遠ざかっちゃいます！」

私が自分の耳を指差し叫ぶと、サヴァンさんは腕を組み、「それはそうか……」と思案する。

あれ、もしかしてこの人、ちょっと天然なのかな？

「まあいい。とにかく金に糸目はつけないから、一番兎のような装備を選んでやってくれ」

すると、サヴァンさんは店員さんにそう言うと、気になったものがあったのか、足早に値段帯がぐっと上がるコーナーのほうへと向かってしまった。

途端に女性店員さんの笑みが消え、圧がグッと上がった。

「お客様、とりあえず、試着して見てはいかがでしょう？」

「えぇ!?」

し、試着って……無理無理！　こんなの絶対に着れない！　ひとまず着方がわかんない！

「大丈夫、絶対お似合いになりますよ！　ね、彼氏さんもそう思いますよね？」

「ぴょっ」

私は危うく、天井にぶつかるんじゃないかってくらい飛び上がってしまった。

ティ、ティントが、彼氏……！？！？

それこそ、売春婦の上客だ、なんて最低のからかわれ方はしていたけど……彼氏とか、そんな風には、少なくとも私の前では言われたことがない、はずだ。

うわ、恥ずかしくてティントのほう見れない……けど、やっぱり、ティントの反応、見たい。

「あ、いえ！　彼氏とかでは全然ないです！」

「…………」

見るんじゃなかった……そりゃ、違うけど、そんなに強く、否定しなくっても。

私は思わずムッとしてしまう。すると、そんな私に視線を戻した店員さんが、ニヤリと不気味な笑みを浮かべ、私のうさ耳に口を近づける。

「バニーガール姿で彼を誘惑したら、きっと彼、あなたのことを意識するようになりますよ」

「っ!?」

ゆ、誘惑って……私、そんなやらしいこと、したくないし、それに、そんな姿いくら見たところで、絶対意識なんてしてくれないし……。

ティントのほうを、ちらりと窺う。ティントは腕組みして、素知らぬ顔で武器を見ていた。

……なにその、完全に無関心って態度。

ムカムカっと怒りが湧いてきて、私はつい言ってしまった。

「……わかり、ました、着てみます」

すると、ティントがびっくりしたように目を剥いた。

そうだろう。恥ずかしがり屋の私がこんな格好するなんて、露ほども思わなかったんだろう。

残念でした、そんな態度取るのなら、妹扱いしてる女の子が大胆な格好しているの見て、気まずい思いをしてもらいます！

私は、ティントの目の前にバニーガールの格好で出ることを想像した。ティント、困るだろうなぁ、しめしめ……いや、私のほうがよっぽど困るよ!?　絶対無理!!

「それでは、試着室のほうにご案内します！」

しかし、私が「やっぱり辞めます」と言う前に、店員さんは私の腕を引っ張り試着室のほうへと歩き出した。私は助けを求める視線をティントに送った。しかしティントは、すでに武器に視線を戻してる。ああ、そうですか！

※

……すごい、格好。

ガラス鏡に映る自分を見て、先ほどまでのティントへの怒りは完全に覚め切っていた。むしろ数分前の自分に、とび膝げりを食らわせてやりたくなる。

胸の谷間が丸見えで、その、下のほうも、すごく危なっかしい。肌の露出のほうが多いこんな格好でティントの前に出るって考えただけで、お月様まで飛び跳ねちゃいそうだ。

ちなみに、値段も飛び上がるくらいすごい。あの店員さんが、このバニーガール装備を買わせようと必死な理由がわかった。

……ティント、どんな反応、するのかな。流石にこんな格好してるのに、無反応、なんてこと、ないよね？

兎人なせいでエッチな女だと思われて、すぐそういう目で見られることが多かったからこそ、私はなるべく自分が女であることを意識されないように立ち振る舞ってきた。

特にティントの前では、いやらしい女って思われたくなかったから、こんな女を強調したような格好、もちろんしたことない。

それが間違っているなんて、全然思わない……でも、そのせいで、ティントに妹扱いされちゃっているところも、正直あるとは思う。

もしかしたら店員さんの言う通り、ちょっとは女の子として意識してもらえるかもしれない……お父さんが亡くなって、これから色々と大変なティントに告白するのは、ちょっと違うけど、このくらいのことなら、やってしまってもいいのかも。店員さんの圧に断りきれなかったっていう言い訳も、一応できるし。

……よ、よしっ。

私は生唾をごくりと飲み込んでから、私を囲うカーテン越しに、ティントに話しかける。

「……ティ、ティントっ、その、着替え終わったから」

声が震えてしまう。対してティントは「あ、うん」と淡白に返事をして、カーテンを開けようとした。慌てて「あっ、待ってっ」と止める。

「そ、そのっ、他の人に見られるの、恥ずかしいから、カーテンを開けるのは、ちょっと……ティントのほうが、入ってきて？」

「えっ、あっ、うん」

カーテンに映る影が頷くと、ティントはまるで東方地方の小料理屋に入るように、気軽にカーテンをめくって試着室に入って来た。

「……っ」

ティントと視線が合う。ドラゴンにブレス攻撃されたみたいに、全身が熱くなる。

だって、狭い試着室の中で、こんな格好で二人きり……恥ずかしすぎて、なんだかもう自暴自棄になってしまう。

「どっ、どうかな!?　兎っぽい!?」

私は頭の上に両手を掲げて、ぴょんと飛び上がる。うわ、ほんとなにやってるんだろ私。

「……いや、兎っぽくはないと思う」

対してティントは、すごく冷静だ。うわ、死にたい……ていうか、一応女の子がこんな格好、してるのに、ティント、塩対応すぎる。もしかして、妹としてすら見られてないのかな……。

……あれ？

よく見たら、オレンジの髪からのぞくティントの耳は、髪の毛の色に近い朱色に染まってい
る。顔は一見真顔だけど、ちゃんとみたらピクピク頬のあたりが痙攣してる。目はこちらを見
てるようで、私のおでこのところを直視して、絶対に視線を下げようとはしない。

……あ、あれ、あれれ？

もしかしてティント、照れ、てる？

そう思った時、ものすごい高揚感に身体が震え、先ほどまで私を支配していた羞恥心は、ど
こかに吹っ飛んでしまった。

「そ、その、本当に兎っぽくないかどうか、ちゃんと見て欲しいな……」

そのせいで、こんなわけのわからないことを言ってしまった。

……いや本当に何言ってるの私⁉　こんな裸みたいな格好を見て欲しいって、そんなのただ
の痴女だよ⁉　絶対に兎ではないわけだし！

「……わ、わかったっ」

ティントは上擦った声でそういうと、視線を右往左往させてから、ゆっくりと視線を落とす。

そして、私の胸のところに差し掛かると、ぴたりと視線が止まって、一気に熱っぽくなった。

え、嘘、すごいエッチな目、今まで、そんなこと、一回もなかったのに……。

……こ、これ、なんか、すごくまずくない⁉　女の人として意識してほしいとは思っていた

けど、まさかこんな、やらしい感じになるって思ってなかったからっ。

ティントがこのまま、獣みたいになっちゃったらどうしよう、それこそ、私を、襲ったりとかっ。ティントにそんな風になって欲しくないけどっ、でも、ティントのことは好きだしっ。

「……っ!?」

その時、ティントがハッと我に帰り、慌てて鼻を押さえる。

何かと思ったら、ティントの手にツゥーっと赤色の液体が伝っていた。

ティントは、羞恥に顔を歪める。

「……恥ずかしい。こんな、ベタベタな反応」

「……はな、ぢ」

「……ははは」

……ティント、私の体で興奮して、鼻血、出しちゃったの？　そんなこと、現実で、本当にあるんだ。

ぞくぞくと背筋に快感が走る。堪え難い衝動に、私の手がティントの顔に伸びる。

そして、唇についてしまった血を人差し指で拭いとる。柔らかい唇とあったかい鼻血の感触に、お腹のあたりがキュンキュンした。

ティントと目が合う。ティントの目はトロンと蕩けていて、明らかに発情していた。

「……ティント、大変」

こんな目で見られるのが嫌だった、はずなのに、私はもっと近くで見たくなって、一歩前に出た。私の胸がティントの下腹部に当たって、ティントの身体がびくんと跳ねる。鼻血は止まる気配がなくって、いくら拭っても足りない。

……このまま、ティントのこと押し倒したら、どうなっちゃうんだろう。

「おい、いつまで話している？」

その時、シャっと勢いよくカーテンが開いた。サヴァンさんだ……サヴァンさん？

「……きゃぁっ!?」

一拍遅れて、自分の格好を思い出してしゃがむ。ティントはティントで、「ちょ、サヴァン、着替え中だって！」と、手を広げて私を隠してくれる。

そんな私達を、サヴァンさんは醒めた目で見た。

「ついでにお前たちの会計も済ませておいた。これ以上試着室を占領するな。他の客の迷惑になるだろう」

「「えっ!?」」

か、会計済ませた!?　てことは私、こんな痴女みたいな格好で冒険しなくちゃいけないの!?冒険が過ぎるよ!?

「ちょ、待ってくれよ！　流石にダメだって！」

「……なんだ、文句の多いやつだな。誰が金を払っていると思っているんだ」

サヴァンさんが、目を細めてティントを睨みつける。それを言われたら弱い。

ティントもうっとなりながらも、もう一度私のほうを見て、顔を赤くしサヴァンさんに反論する。

「いや、この露出度で街を歩かせられないって!? そのうち捕まっちゃうぞ!」

「……な、なるほど」

「そんなもの、普段はマントでも羽織ってればいいだろう」

「えぇ!?」

ティントを見上げる。ティントは「うっ、いや、まぁ、買っちゃったみたいだから」と困ったように苦笑いする。う、嘘。ティント、見捨てるの!?

「それと……」

サヴァンさんに返品できないかと言おうとした時、サヴァンさんは振り返り、少し不快そうに眉根を顰めた。

「お前たちが何をしようが勝手だが、妊娠だけはするなよ。これからという時期に離脱されては面倒だ」

「ぴょっ!?」

飛び上がって驚くと、ティントが私以上に飛び上がってるのを見てびっくりする。そんな私たちに冷水のような視線を投げかけると、サヴァンさんは踵を返して去っていった。

……危なかった。

まず、羞恥心よりも先に、安堵に身体の力が抜ける。

今まで、その、ティントにドキドキしたことはあいっぱいあったけど、こんな風に……強烈な性衝動を感じたのは、初めてだ。……あのまま、サヴァンさんが邪魔しなかったら、私、きっと、ティントのこと、襲っちゃってた……。

自己嫌悪に死にたくなる。襲われる心配なんてしといて、私、ほんと最低だ。

……やっぱり私、ママとパパの血を継いでいるんだ。このままどんどん大人になって行ったら、二人みたいに、性欲を抑えられない馬鹿な兎人になっちゃうのかな……。

「本当に、ごめん、リア」

「……へ？」

私が顔を上げると、ティントは指で鼻をつまみながら、私に頭を下げた……。

「……へ？　な、何が？」

謝りたいのは私のほうで、ティントは何も悪いことしてないのに。

「……いや、リア、そういう目で見られるの、嫌がってただろ？　だから、そういう目で見ないよう、気をつけてたんだけど……その、このザマだから」

「……え、そ、そうだったの？」

ティントは顔を真っ赤にしたまま、頷く。

「……それじゃあ、私のこと、妹だとか、思ってなかったの？」

「……思えるわけないだろ」

ティントはプイッとそっぽを向いた。

……そうだったん、だ。

ティント以外の男の人は、私が兎人だからって、私のことを何も知らないくせにやらしい女扱いして、すぐに性的な目で見てきたり、変なことをしようとしてくる。

でも、ティントは、私のこと女の子として見てくれてて、その上で、一匹の兎人じゃなくって、一人の人間として、私に気を使ってくれてたんだ……。

「………っっっっ！！！」

ど、どうしよう、最高、嬉しすぎるっ。ティント、好き、大好き！

ティントへの好きで胸の中がいっぱいになって、声にならない悲鳴をあげる。おかげで、さっきまでの……ムラムラ、みたいなの、全部吹き飛んじゃった。

……正直、私の中にパパとママみたいな部分はあるんだと思う。

でも、私は、あんな風に獣みたいに性的衝動に負けて、自分の周りの人間……特にティントを、不幸にしたりなんかしない。もちろん私自身も、不幸になったりしない。

私を人間として尊重してくれているティントと一緒にいれたら、自分が人間だと、自信を持って生きていけるんだ……。

ちらりと上目遣いでティントのほうを窺う。ティントの顔はまだ真っ赤っかで、すごく可愛かった……ダメダメ。

私はブンブン首を振って、その時、店内の注目を一身に集めていることに気づき、猛烈な羞恥心に襲われ飛び上がった。

※

最初のうちは、ただ成長が遅いだけだと、私もサヴァンくんも、そしてティントも思っていた。でも、半年もすれば、ただの遅熟じゃないってことが、嫌でも理解できてしまった。

「なぜお前のレベルが上がらないかはわからないが、このままでは、より上のクエストを受けて行く上での戦力が足りない。なので、新たな団員を迎え入れることにした。いいな？」

その日のクエストが終わった時、サヴァンくんは有無を言わさぬ口調でそう言った。

その頃には、パーティ内でのパワーバランスは完全にサヴァンくんに傾いていたから、当然私たちに拒否権はなかった。

「……その、ティント、これから、どうする？」

その日の帰り道、私はティントにこう切り出した。

ティントが辞めるって言うなら、もちろん私も辞めるつもりだ。ティントがいないなら、冒険者なんてもちろん続ける意味がない。

ありがたいことに、私には【うさぎの餅つき（ラビット・ライス・ケーキ）】という魔法があるから、回復師という職業を選ぶことができる。二人で一緒に暮らしながら、実家にも仕送りするくらいのお金を稼ぐことだって、できるはずだ。

「……辞めない」

でも、ティントは首を振って、気丈に笑った。

「女神様からの加護は、ちゃんと貰えてるんだ。そのうち上がるよ、レベル」

「……うん、そうだね」

正直、その可能性は低いと思う。ティントだって、本心ではそう思っているはずだ。

でも、ティントは私に弱音を一切吐かない。ティントのお父さんが亡くなった時だって、私の前では泣かなかった。弱いところを、私に見せたがらないいんだ。

それが、少し悲しい。今ティントが頼れるのは、私だけなんだから、もっと弱いところをさらけ出してほしい。そしたら、私だって……あまり力になれないかもだけど、元気付けることくらいだったら、できるんだけどな……。

そして、一ヶ月後、サヴァンくんは二人の冒険者を連れてきた。

一人目は、ハーフリングのトリッソさん。色々器用で、相手を状態異常にするナイフを使って、魔物の動きを鈍らせるのが得意らしい。

二人目は、レオノーレさん。私より年上の大人っぽい美人のヒューマンで、『魔法使い』だ。

二人とも、そこまで高位の冒険者じゃなかった。お父さんの言いつけもあるんだろうけど、サヴァンくんはプライドが高いから、自分より優秀な冒険者を入団させたくないんだと思う。

正直、ありがたかった。もし高位の冒険者がきちゃったら、未だにレベル0のティントの肩身がすごく狭くなっちゃうから。

でも、私にとっては、特にレオノーレさんの加入は、あんまりいいものじゃなかった。

私は攻撃手段として弓矢を使っているんだけど、半年たっても全然うまくならない。だから、ろくに自分の身を守れない私を、サヴァンくんはよく守ってくれていていた。

もちろん、回復役である私を守っているだけなんだけど、私のバニー姿もあってか、レオノーレさんはそう受け取ってくれなかったみたいだ。

明らかにサヴァンくん目当てで入団してきたレオノーレさんは、私に辛く当たるようになった。毎日のように「あんたって兎人だから、男に媚びるくらいしか能がないのよねー」みたいに、兎人であることを絡めて、私に悪口を言ったりしてきた。

正直、もうそういうの慣れ切っちゃっているから、私としては別によかった。

「……レオノーレさん、やめろよ、そういうの」

でも、やっぱりティントは私を庇ってくれた。そういうことが繰り返されるうちに、レオノーレさんの標的は私からティントに移っていった。

「ほんと、半年もやっててレベル０って、あんたまじで終わってるわね！」

レオノーレさんは、もともとレベルの低い冒険者の男をとにかく見下していたようだ。レベル０からレベルが上がらないティントに、私ほどではないけど刺々しかった。

すると、金魚の糞タイプのトリッソさんも、女王様タイプのレオノーレさんに合わせて、ティントの悪口を言うようになった。

社交的なトリッソさんは、パーティ内だけじゃなくって、他の冒険者にも、ティントのことを面白おかしく話した。そのせいで、ティントが冒険者ギルドに入ると、慣れている私でもウッとなるような蔑みの視線を送られたり、直接悪口を言われたりした。

「……本当に、ごめんなさい。私を、庇ったせいで」

「……ううん、リアは全然悪くないから、気にしないで」

ティントは、いつものように私の前では弱いところを見せない。でも、辛くないわけがない。私ですら耐えきれないって、見てて思うもん。

「……お前は、本当に無能だな。どれだけ足を引っ張ったら気が済むんだ」

そんな日々に追い打ちをかけるように、ある日、クエストの帰りに、サヴァンくんがポツリと呟いた。

それからついに、サヴァンくんまでティントをいじめるようになった。絶対的な権力を持つ団長が加わることによって、パーティ内でのティントの扱いは、どんどん悪くなっていく。

例えば、パーティ内の雑用を全て押し付けられたり、魔物と戦っているのに手助けしてもらえず、苦戦しているところを笑われたり、戦闘で怪我を負っても、致命症になるようなものじゃなかったら、私から治療を受けることを禁止されたり、だ。

もちろん私は魔法をかけてあげたかったけど、傷が治っているのがサヴァンくんにバレたら、ティントが怒られてしまう。だから、治療してあげられなかった。

やがて、魔物との戦闘中でも、ティントは一番辛い役割を負わされた。

身を呈して、後衛の私とレオノーレさんを魔物から守る、いわゆる盾役、という役割だ。その上ティントは、下手な攻撃で魔物を興奮させるとまずいと、ろくに反撃さえさせてもらえず、ただただ殴られるだけ。

私はその様子を、ただただ後ろで見守っていた。肉体的にも精神的にも絶対に辛いはずなのに、ティントはやっぱりかっこいいティントのまま、勇敢に魔物に立ち向かっていた。

……正直言うと、ほんの少しだけ、嬉しかった。

冒険者になってから。昔みたいに私に変なことを言う子もいなくなった。魔物との戦闘でも、サヴァンくんに守られることがほとんどだった。

だから、昔みたいに、ティントが私を守ってくれているという、それだけは嬉しくって、キュンキュンしちゃってる自分が、嫌で嫌で仕方がなかった。

だって、今の私は、何もできなくてティントに守られるしかなかった、弱い兎人とは違う。パーティ内で唯一回復魔法が使えて、そのパーティの団長が獣人に差別感情がないんだから、パーティ内でちょっとの発言権くらいはあるはずだ。

なのに、私は三人に対して、何も言えなかった。どれだけ立場が上がっても、私は気弱い兎人のリアのまま。三人に立ち向かうことができず、ティントがいじわるされているのを、ただ黙って見ているだけだった。

それでもティントは、身を呈して私を守ってくれる……当然、罪悪感が湧く。

その罪悪感からか、ティントと二人でいると、沈黙の時間が増えるようになった。

その沈黙は決して心地のいいものではなかった。自分をかばわない私に、ティントも思うところがあるに違いないって考えると怖くなって、やがて私は、ティントを避けるようになってしまった。

そんな時、両親から引越しの話が出た。私は『サヴァン団』の回復役として、貧民街に住むには多いくらいの報酬をもらっていたので、当然といえば当然の話だ。

両親はともかく、妹たちにはもう少しいい場所で暮らさせてあげなくちゃ、という気持ちもあったから、結局私たちは、西区の住宅街に引っ越すことになった。そのせいで、物理的にもティントと離れ離れになってしまった。

ティントが『サヴァン団』を辞めてくれたら、私も一緒になって辞めることができた。でも、お父さんの遺言が気がかりなのか、ティントは『サヴァン団』を辞めようとしなかった。

サヴァンくんはサヴァンくんで、あれだけティントを嫌っているのに、なぜだかティントくんをクビにしようとしなかった……ううん、きっと私のせいだと思う。

サヴァンくんは、私を戦力の一人として数えている。そして、私がティント目的で冒険者をやっていることを知っている。だから、最初のうちはティントのことを悪く言わなかったんだと思う。

でも、レオノーレさんやトリッソさんがティントに意地悪しているのに、何もできず立ち尽くしている私を見て、私が今までティントに頼りっきりで生きてきて、私自身に抵抗する力なんて一つもないことを見抜かれちゃったんだと思う。

……つまり、結局全部私のせい。私を守ったせいで、ティントはパーティ内でいじめられ始めた。私が声をあげなかったせいで、ティントはいじめられ続けた。

それがわかっているのに、やっぱり何も言えない私は、本当にダメ兎だ。

※

そして、『サヴァン団』結成から三年が経ったある日、私はサヴァンくんに呼び出された。ギルドと併設された騒がしい酒場じゃなくって、私みたいなただの冒険者じゃ門前払いの高級料理店に、だ。

私がついた頃には、ティントを除いたパーティメンバー全員が揃っていた。私が着席すると、サヴァンくんは早々にこう切り出した。

「突然だが、父がＳ級パーティへの所属を許可してくださった」

レオちゃんとトリッソくんが息を飲んだ。

私は、呼び出された時点で想像がついていたので、そこまで驚きはなかった。だから、これからの話の展開にも予想がついて、胃のあたりがムカムカした。

「ほっ、本当に!?　やったわねサヴァン！」

ワンテンポ遅れて、レオちゃんが飛び上がって喜び、サヴァンくんの両手をぎゅっと握りしめる。サヴァンくんは眉を潜めながらレオちゃんの手を振り払い、話を続けた。

「そこで、多様性の庭（ダイバーシティ・ガーデン）のセフラン団長から、早速お誘いがあった」

「えっ、マジっすか!?　すげぇ!!」

「……ふぅ〜ん」

トリッソが興奮気味に叫ぶのに対し、レオちゃんの機嫌は急激に悪くなる。

「……なんだ、レオノーレ」

「多様性の庭（ダイバーシティ・ガーデン）、ねぇ」

「アイタナは全く関係ない」

サヴァンくんはピシャリと言った。アイタナさんは、多様性の庭（ダイバーシティ・ガーデン）というパーティに入団して、前線のエースとして大活躍しているそうだ。

どうやらサヴァンくんは、元同級生らしいアイタナさんに、恋をしているらしい。口ではこう言いながらも、このチャンスを逃したりはしないだろう。

そうなると、問題はティントだ……この場にティントだけいないってことは、そういうことなんだろう。

「そこで一つ、問題がある……ティントだ」

サヴァンくんはもっともらしく咳払いをしてから、話を続けた。

「まさか、三年経ってもレベル0のゴミを、S級パーティに入団させるわけにもいかないだろう……しかし、他パーティからの引き抜きは基本的にできない。他パーティから冒険者を獲得するには、そのパーティごと吸収合併するほかないのだ」

「え、それじゃあいつ、ついてきちゃうじゃん！」

レオちゃんが悲鳴をあげる。サヴァンはやれやれと肩をすくめる。

「上位パーティの引き抜きによって崩壊していく下位パーティを見かね、上位パーティに責任を取らせたくこのルールを作ったんだろうが、どうやらギルド職員は無能ばかりらしい。簡単にすり抜けることが可能だ」

「え、どういうこと？」

「簡単な話だ。多様性の庭（ダイバーシティ・ガーデン）入団前に、あいつを追放してしまえばいい」

「……そんなの、ひどい」

私は乾いた唇を舐めてから、つぶやく。背筋にぞくぞくと寒気が走った。

でも、動揺はそこまでない。こんな日がいつか来ることは、わかっていたから。

……ここでティントのことを庇えなかったら、私は一生後悔する。ティントのそばにいる権利を、完全に失ってしまう。ここで何も言えなかったら死ぬ。そのくらいの決意をして、精一杯の勇気を振り絞って、言った。

「……私は、反対、です」

三人の視線が私に突き刺さる。私は逃げ出したい気持ちをなんとか抑えて、続ける。

「だっ、だって、ティント、三年間も、レベル0なのに頑張ったんだよ？　それなのに、その努力が報われそうになった時、切り捨てる、なんて……」

「……あいつの努力が報われたんじゃない。この四人の努力が報われたんだ」

サヴァンくんは一瞬動揺を見せたものの、すぐに抑揚のない声でこう言った。

「そーよそーよ！　あいつ、役に立たないどころか完全な足手纏いだったじゃん！」

「間違いない！　実際今日も全然ついてこれてなかったしな！」

するると、サヴァンくんに続いて、レオちゃんとトリッソくんも同意する。でも、それは違う。

「そ、そんなこと、ない……ティントがすごく頑張ってくれるおかげで、私とレオちゃんは、大きな怪我もなく冒険できてるんだよ!?」

ティントはレベルアップができない代わりに、筋トレで体を鍛えたり、盾の扱い方を学んだりして、私たちを守ってくれた。その努力を認めないなんて、許せない。

「……盾役なんて誰でもできる。それなら、レベルアップできる人間がやるべきだろう……セフラン団長も、そういうお考えだ」

しかし、サヴァンくんには全く響いてないみたいだ。

……だったら、もういい。

「……それじゃあ、私も、辞め、ます」

「リア、冷静に考えろ」

サヴァンくんの声が一段と落ちる。

「君にも養うべき家族がいるだろう。多様性の庭(ダイバーシティ・ガーデン)に入団すれば、それだけで君の家族の将来は保証される。そんなチャンスを、ティントのために捨てるつもりなのか」

……妹たちには悪いけど、答えは決まっている。

私はティントが好きだ。今頃遅いかもしれないけど、元の関係に戻りたい。これから、ティントを守れなかった罪を償い続けて、ティントを幸せにするため、私の人生全部を使うんだ。

「リア、いい加減あんな将来性のない男なんて捨てなさい。あんたは回復魔法持ちなんだから、もっといい男を選ぶ権利があんのよ」

「そーそー！　例えば俺とか！」

「ぶん殴ってやりたいところだけど、まあティントと比べたらまだマシね。なにせ《神敵》だもん」

　将来性がないなんて、そんなの、どうだっていい。私はレオノーレとは違う。ティントがそばにいる将来にしか、私には意味がないんだ。

「ともかく、セフラン団長は、回復魔法の中でも希少な部類に入る君の魔法に興味を持っている。君に抜けられたら困るんだよ……」

　サヴァンくんが、青色の瞳で真剣に私を見つめる。

「レオノーレではないが、君のような優秀な人間が、あんなクズに足を引っ張られるべきではない。ティントなど切り捨てて、僕についてくるべきだ」

「…………」

　答えは決まってる。けど、これ以上この人たちに何を言ったところで、理解してもらえるとは思えない。こんな人たちに怯え、ティントを守れなかった自分が、今頃になって本当に恥ずかしくなった。

　私は「……少し、考えさせてください」とだけ言って、料理が来る前に席を立った。

※

次の日、私たちは五人揃って、『ヌボンチョの密林』へとワープした。

てっきり、集合した時点でティントに追放を言い渡すかと思ったけど、サヴァンくんでも流石に心が痛むのか、今の所何もないように振舞っている。

私は私で、サヴァンくんに合わせて、何も知らないふりをしてしまった。私からティントに伝えるってことも考えたんだけど、この三年間でできた、私とティントの間にできた溝が、それを許してくれなかった。

私たちが受けたクエストの内容は、シルバーバックの討伐だ。

シルバーバックみたいな、一回の攻撃が致命傷になる相手と真正面から戦うのは、安全志向のサヴァンくんにはすごく珍しいことだ。

もしかしたらこのクエストで、ティントに後遺症が残るくらいの致命傷を負わせて、無理やりやめさせるつもりなんじゃと勘ぐった。サヴァンくんたちだったら、全然あり得ると思う。

ティントはレベル0でも日々の鍛錬で〝耐久力〟は高い。けど、それでも危険なのは変わりない。もしティントが怪我を負ったら、すぐに私の魔力を全部注ぎ込んで魔法を使うつもりだった。

「ぴょっ、ぴょんっ、ぴょんっ、ぴょんぴょんぴょんっ！」

でも、ティントが怪我を負うことは、今の所なかった。シルバーバックとブラックバックの相手は前衛の二人がしたし、小猿たちは押され気味の夫婦を見て怯え、あんまり攻撃してこなかった。このまま終わってくれたらいいな……。

　そんなことを考えているうちに、やっと地獄の時間が終わった。私はすぐさまマントを羽織って、餅を二つにして、レオちゃんを見上げた。

「レオちゃん、お願いっ」

「えー、レオもう疲れちゃったんだけどー」

　レオちゃんは頰を膨らませて文句を言う。

「そっ、そうだよねっ、ごめんねっ」

　昨日の勇気はどこへやら、私はいつものように謝ってしまう。するとティントが、心配そうにこちらを見た。そして私の代わりに、レオちゃんを注意してくれた。

　三年間も味方になれなかった私を、未だ心配してくれているんだ……大丈夫、誠心誠意謝れば、きっと元の関係に戻れる。戻れるんだ。

　ティントに言われて、レオちゃんは渋々魔法を使ってくれた。回復したサヴァンくんは、スキルを使ってシルバーバックを攻撃すると、バックステップを踏んで、今度は魔法を使う。

　サヴァンくんの魔法は強烈で、ちょっと見てられない。思わず目を背けると、シルバーバックの断末魔の叫びが聞こえた。私は恐る恐る顔を上げる。シルバーバックはぐったりと大木にもたれかかり、立ち上がる様子はない。

　……終わった。

　これで、このパーティでの活動も終わり。一ミリも残念と思わないんだから、やっぱり、もっと早く勇気を振り絞るべきだったんだ……。

「危ない!!」

「！」

その時、ティントが叫ぶと、駆け出した。私は慌ててシルバーバックに視線を戻したけど、ぐたっとしたままだ。

どうしたんだろうとティントが行く先を見ると、先ほどまで倒れていたブラックバックが、今まさに上体を起こし、サヴァンくんに怨恨の目を向けていた……死んだフリ、してたんだ！

ティントはと言うと、一度屈んでサヴァンくんの風に耐えると、すぐに飛び上がってサヴァンくんの元へと向かう。

ブラックバックが、唸り声をあげて立ち上がる。そして、太い腕を振り上げて、サヴァンくんめがけて拳を振り下ろした。サヴァンくんはまだ動けないのか、突きのポーズで硬直したままだ。

……嘘でしょ、ティント。もしかして、サヴァンくんを助けるつもりなの!?

「ティント！」

私の声は、ティントには届かない。ティントはブラックバックとサヴァンくんの間に入り、流れるように盾を構えた。駄目、ティントの力じゃ、ブラックバックの拳を受け止められない！

その瞬間、『顆粒の盾』にブラックバックの拳があたり、空に舞った。

ティントは、地面を走るように転がって、密林のひときわ大きな大樹を揺らすくらいの勢いでぶつかった。嫌な音がして、ティントの口から鮮血が飛ぶ。

「……ティ、ティント？」

ティントの身体は、ピクリとも動かない。

う、そ……。

その時、サヴァンくんがブラックバックにとどめを刺した。すると、ティントの唇が少しつり上がったのが、確かに見えた。

……ああ、よかった、生きてる。

へなへなと腰が抜ける。ぺたりと座り込むと、ポロポロ涙が出てきた。

……泣いてる、場合じゃない。一刻も早く、ティントを治療しないと。

私はガクガク震える脚でなんとか立ち上がった頃には、サヴァンくんがつかつかとティントのほうに……ううん、違う、ティントの盾へと、歩み寄っていった。

そして、ティントの盾へ、高速の突きを何度も打ち下ろした。

お父さんの形見である盾は、無残な姿になってしまった。

「……っ」

ひどい……。

ティントは、血の滲む唇を怒りにひきつらせる。サヴァンくんは、そんなティントを冷え切った目で見下ろした。

「ティント、お前はクビだ」

「……はっ？」

その時のティントの表情は、私が見てきた、どんな表情とも違った。

今まで、どれだけレベルが上がらなくっても、皆から悪口を言われても、お父さんが死んでも、私の前では辛い表情ひとつ見せようとしなかったティント。

そのティントが、まず、一瞬なにが起こったかわからないという様子で、そして徐々に状況を理解して、その表情がどんどん、失意にゆがんでいく。ああ、ティント、辛そう。私の前で取り繕えないくらい、傷ついてるんだ……。

とくん。

……え。

私は、自分の心臓に手を当てる。心臓は早鐘のように、私の掌を叩いてくる。お腹のあたりがキュンキュンして、ぞくぞくと背筋に快感が走った。

……これ。知ってる。私が、発情してるときの、反応だ……。

……え、なんで、発情してるの？　これじゃまるで、ティントが傷ついてるところを見て、発情しちゃったみたい……。

……そんなわけない。その、正直、ティント相手に発情してしまうことは、大人になってから、いっぱいあった。特に、魔物に襲われてるティントを見て、発情、したりした。

でも、それは、ティントがサヴァンくんじゃなくって、私を守ってくれたからだ。傷つきながらも、私のことを守ってくれるティントが、本当に大好きだから、つい、そうなっちゃったんだ。

だから、ティントが私のことを守ってくれた日は……自分で慰めたりもした。

ティントと疎遠になってから、ティントの表情に小さな影がさしたときも、発情した。でもそれは、まだティントが私のことを必要としてくれてるって思って、それが嬉しかったからだ。

私がトリッソくんやサヴァンくんと仲良く喋ってるときに、それをティントが見て見ぬ振りしてる時だって、ティントが嫉妬してくれてるんじゃないかって思ったから、シちゃったんだ。

どれも、ティントが傷ついてたからじゃない。

そうだよ、そんなはずない。だってしてる時、ティントが三人に虐められてるところを思い出しちゃって、ティントでシちゃってることも相まって、すごい罪悪感を覚えたんだ。興奮なんて……あれ、でも、してる時、毎回、思い出してる、かも。え、ていうか……。

私がする時に思い出すティント、全部、傷ついてる。

……。

…………。

……………。

……私、ティントのことが本当に好き。嘘じゃない。

でも、それと……同じくらい、ティントが傷ついてるところを見るのが、好き、なんだ……。

「あ、リアは残る？　もともとあんたとこいつのパーティなんだし」

「……えっ？」

その時、レオちゃんがこんなことを言ったので、私は意識を取り戻す。みんなの視線が私に集まる。

……ここで、もし、私が裏切ったら、ティントはどんな顔をするんだろう。

うさ耳のてっぺんから尻尾の先まで、電流が走ったように身の毛がよだつ。

きっと、今の弱っているティントなら、私の言葉でも、傷つけることができる。もしかしたら、トラウマまで負っちゃうかもしれない。

……何考えてるの、そんなの、絶対に駄目。私は、ママやパパとは違う。私が、ティントが傷つくところを見て興奮しちゃうような最低の変態でも、性欲に流されて私自身がティントを傷つけるなんて、そんなこと絶対にしない。

私は獣じゃない。私は人間だ。だから、ティントと一緒に、人間として生きていくんだ……。

私は心を決めて、ティントを見た。

ティントは、藁にでもすがるような目で私を見ていた。

今までのティントだったら、絶対に私に見せない顔。うん、これだけでもう十分。もう脳裏に焼き付けた。この表情を毎日思い出して満足して、私の変な性癖は一生隠して、ティントと一緒に、人間として生きていく。生きていく、から……。

「……残、らない」

その時、私から出た声は、気弱で自己主張ができない私から出たとは思えないくらい、はっきりと意思のこもった声だった。

その時、気弱で自己主張ができないなんていうのは過去の私で、今の私は、ティントに守ってもらい、ティントが私のために傷つくところが見たかったために、気弱で自己主張ができないふりをしていたに違いないと確信した。

私は、ティントを真正面から見つめた。ティントの顔は、余すところなく苦痛を表現していた。

快感とともに、私のお腹のところで、冷たい鉛のようなものができて、私をびっくりするくらい冷徹にさせた。

「もうティントに、守ってもらう必要、ないから」

その時のティントの、絶望にも似た表情を見た瞬間、私は、普段の自慰じゃ絶対感じれないような、波打つような快感を覚えた。それと同時に、押し寄せる罪悪感に吐き気を催しながら、それでも私は、ティントから目をそらすことができなかった。

きっと私は、この瞬間のことを、ずっと後悔し続けると思う……ううん、私に後悔する権利なんてない。

だって私は、人間じゃない。ママとパパが生んだ、ただの獣なんだから。

《特別収録　リアがティントを見捨てた理由。／了》

あとがき

初めまして、蓮池タロウと申します。この度、小説家になろうで開催された『第9回ネット小説大賞』で、今作が賞をいただき、小説家としてデビューすることになりました。

正直言うと、あとがきを書いている今でも現実味がありません。受賞の知らせをいただいた時なんか、何度も確認を繰り返した結果、新手の詐欺を疑うほどでした。

こんなことを言うと、まるで今作に対して自信を持っていないよう聞こえてしまうかもしれません。このあとがきを読んでくださっている方は今作を購入されたかで、その作品に作者が自信を持っていないようでは、あまりに失礼です。

……すみません。正直、自信があるかないかで言ったら、ないかもしれません。ですがそれは、今作の内容がどうこうではなく、僕の自己肯定感の低さに問題があるのだと思います。

僕は三人兄弟の末っ子として生まれました。優秀な兄二人の後に生まれたにしては、あまりに期待はずれの劣等生。三文字熟語を擬人化するソシャゲでもできたら、親不孝のモデルは僕になることでしょう。

家庭環境から来る根深い自己肯定感の低さは、今後も治ることはないでしょう。自分にとって一番の批判者が自分で、好きで始めても結局嫌になって辞めてしまう悪循環から、今現在も抜け出せていないくらいですので。

そんな僕が唯一続いているのが、小説を書くことです。小説を書く上でも批判的な僕はいるのですが、なぜだか今のところくじけていません。きっと僕にとって、小説を書くという行為は、何か特別な意味を持っているのだと思います。そして、そんなことを仕事にできたことは、信じられないほど嬉しいことなのです。

数ある作品から今作を選び、僕に小説家になる機会を与えてくださった一二三書房様、ご時世的に対面での打ち合わせが難しい中ご苦労をかけた担当編集者様、素敵なイラストを描きあげてくださったそらモチ様、そしてこの本を買ってくださった読者様に、この場を借りて謝辞を。ありがとうございます。

そして最後に、こんなチートテンプレギャグ下ネタ小説のあとがきで、恥ずかしげもなく自分語りなんてしてしまい、誠に申し訳ありませんでした。

本当は面白いあとがきを書こうと頑張ったのですが、思いつきませんでした。小説家としてやっていけるのか不安です。自己肯定感が低いとかじゃなくって、しっかり客観視した結果、不安です。ていうか自己肯定感が低い云々も、あとがきを埋めるため無理やりひねり出しました。小説書きながら『あれ、これめっちゃおもろいんじゃないニチャァ』みたいなこと結構ありますしね。もし次巻が出せるようでしたら、次こそニチャァできるくらい面白いあとがきが書けるよう頑張ります。どうかご期待ください。

……これで本当に最後なのですが、『三文字熟語を擬人化するソシャゲ〜』のあたりは、実はちょっと面白いと思っています。期待しても無駄かもしれません。それでは失礼します。

蓮池タロウ

どれだけ努力しても万年レベル0の俺は追放された 1
～神の敵と呼ばれた少年は、社畜女神と出会って最強の力を手に入れる～

2021年11月30日　初版第一刷発行

著　者　　蓮池タロウ

発行人　　長谷川　洋

発行・発売　株式会社一二三書房
〒101-0003 東京都千代田区一ツ橋2-4-3
光文恒産ビル
03-3265-1881

印刷所　　中央精版印刷株式会社

ISBN 978-4-89199-768-7